Ricarda Junge

Silberfaden
Erzählungen

S. Fischer

Collection S. Fischer
Herausgegeben von Jörg Bong
Band 108

4. Auflage: Juni 2003

Veröffentlicht im Fischer Taschenbuch Verlag,
einem Unternehmen der S. Fischer Verlag GmbH,
Frankfurt am Main, Oktober 2002
© S. Fischer Verlag GmbH, Frankfurt am Main 2002
Typografie Farnschläder & Mahlstedt, Hamburg
Druck und Bindung Clausen & Bosse, Leck
Printed in Germany
ISBN 3-596-15476-6

Unsere Adresse im Internet: www.fischer-tb.de

You're watching your step but you fall as
You're walking
You take it in stride but still you fall as
You're walking

heather nova

Heide und Thomas gewidmet

Inhalt

Entfernt	9
Barenberg	23
Lila	31
Silberfaden	50
Ostwärts	65
Station	82
Mai-Tai	95
Angst	104
Das Camp	125
Familiengrab	135
Nicht Persien	156
Nacht in New York. Morgen	167

Entfernt

New York ist unerreichbar geworden an diesem Abend. Ich stehe auf dem Balkon des Motels, die Arme auf der Brüstung verschränkt, meine Reisetasche zwischen den Füßen.

Ich bin in der Kirche gewesen, wollte beten, für Joyce, für mich. Aber dann war ich mir nicht mehr sicher, worum ich Gott bitten sollte und ob ich überhaupt ein Recht dazu habe.

Die Saison ist vorbei, nur wenige Autos fahren den Highway an der Küste entlang. Ich bin nicht mal bis nach Atlantic City gekommen. Die Leute sind vorsichtig geworden, sie trauen keiner, die zu Fuß unterwegs ist. Nur ein Lastwagenfahrer hat mich ein Stück mitgenommen.

Ethans Wagen steht auf dem leeren Parkplatz vor dem Motel. Ich weiß nicht, wie er mich finden konnte in diesem Kaff, dessen Name mich nicht interessiert hat, weil ich hier nicht bleiben wollte. Jetzt wüsste ich ihn gern. Ethan steht plötzlich hinter mir. Hi, sagt er. Hab ich dich endlich.

Wir fahren zurück. Es dauert nicht lange, elf Zigaretten. Ethan zählt mit. Sein Vortrag über pechschwarze Lungen und Herzkrankheiten ist besser als Schweigen und vertrauter als das Motel. Als wir die geschotterte Auffahrt zum Haus hinauffahren, bin ich so erschöpft, als hätte ich geweint. Wir steigen aus dem Auto. Im Schlafzimmer geht das Licht aus.

Joyce hat auf dich gewartet, sagt Ethan. Sie hat sich Sorgen gemacht.

Und du?, frage ich. Was ist mit uns?

Er schiebt das Fliegengitter zur Seite und hält mir die Tür auf. Die Dunkelheit riecht nach getrockneten Blumen und Staub. Auf der Treppe hält er mich am Arm fest. Ich lehne meine Stirn gegen seine Lippen, seine Zungenspitze fährt mir über die Haut.

Wir gehen zusammen ins Schlafzimmer. Joyce liegt im Bett, die Beine angezogen, die Hände unters Gesicht geschoben. Ich schnippe ihr gegen die Schläfe, aber sie tut, als würde sie schlafen. Ich muss morgen früh raus, sagt Ethan. Ich küsse ihn auf die Schulter.

Das Kind schreit nach Joyce. Der Teufel ist wieder da, der Teufel ist hier!

Ich tappe durch den dunklen Flur.

Mama, hilf mir, Hilfe, der Teufel!

Sie kommt nicht, sage ich. Sie hat dich vergessen.

Ich drücke die Tür zum Kinderzimmer auf. Das Kind sitzt auf der Bettkante und starrt mich an. Der Teufel, flüstert es.

Joyce schläft schon, sage ich. Hast du schlecht geträumt?

Glaubst du an Gott?, fragt das Kind.

Nein, sage ich. Ja.

Ich öffne die Augen, die Klimaanlage ist ausgeschaltet, der Ventilator über mir pflügt durch die glibberige Luft. Neben mir dreht sich das Kind seufzend zur Seite und schlägt mir dabei mit der Hand ins Gesicht. Mein gelbes Laken klemmt unter seiner Achsel.

Hey, flüstere ich. Das ist meine Decke.

Das Kind seufzt wieder, reibt sein verschwitztes Gesicht in meinem Laken, schläft weiter. Ich streiche ihm mit dem Daumen eine Haarsträhne aus der Stirn und stehe auf. Das Zimmer ist klein, quadratisch. Von dem geschwungenen Gitter des Bettes blättert Goldfarbe. Auf der Fensterbank stehen sich Plastikpanzer und kleine Soldaten gegenüber. Ich schiebe die Lamellen der Jalousie auseinander. Sonnenlicht fällt dunstig durch die Baumkronen auf den Rasen. Auf dem Nachbargrundstück trottet ein Hund den Swimmingpool entlang. Ich versuche, das Bild vertraut zu finden, mich daran zu erinnern, wie es war, als ich hier zum ersten Mal stand, glücklich, wieder bei Joyce zu sein.

Ist was mit Mama?, murmelt das Kind.

Ich nehme die Hand von der Jalousie, die Lamellen gleiten wieder übereinander.

Alles in Ordnung, sage ich. Schlaf weiter.

Eine der Katzen kommt ins Zimmer, reibt sich an meinem Bein. Sofort beginnt es zu jucken. Sie folgt mir die Treppe runter in die Küche. Ich schaufele Trockenfutter in den Napf.

Die beiden anderen Katzen warten scheu auf dem Sofa im Fernsehzimmer. In der Spüle steht Geschirr. Ethan ist schon in die Stadt gefahren. Einen Augenblick lang bin ich wütend, dass er mich hier sitzen lässt, mit den Katzen, dem Kind, mit Joyce. Scheiße, denke ich, wo ist Joyce? Ich laufe die Treppe hoch, stoße die Türen auf, die Zimmer sind staubig, dumpf, warm. Im Schlafzimmer bleibe ich stehen. Das Bett ist ziemlich schmal für ein Ehebett. Es ist noch aus Joyce' New Yorker Wohnung. Wie oft ich besoffen in dieses Bett gefallen bin, auf Joyce gewartet habe, stunden-, manchmal tagelang. Damals dachte ich, es könnte nicht schlimmer werden.

Ethan hat es nicht für nötig gehalten, ein neues Bett zu kaufen. Das passt zu ihm. Joyce ist seine dritte Frau. Sie ist Jüdin.

Das Judentum ist durchs Christentum überholt, sagt Ethan.

Und die Katholiken von den Protestanten, sage ich.

Das kann man nicht vergleichen, sagt er. Die Juden …

Man reißt seine Wurzeln nicht aus, unterbreche ich ihn. Du hast keine Ahnung von Religion.

Ich weiß nicht, warum er sich so aufregt. Er ist Katholik, aber ich habe ihn nie in die Kirche gehen sehen. Ich glaube, ihn ärgert nur, dass sein Kind jüdisch ist, weil Joyce es geboren hat.

Die Türen zum Ankleidezimmer sind aufgeschoben. Eine knallblaue Nylontasche liegt auf dem Boden. Ich ziehe die Strippe des Ventilators, das Licht geht an, der Ventilator setzt sich langsam in Bewegung. Die Regale sind ausgeräumt, an den Kleiderstangen hängen nur noch ein paar von Ethans Jacketts, die restlichen Kleidungsstücke liegen nach Farben sortiert in riesigen Haufen auf dem Fußboden.

Was machst du mit Mamas Kleidern?

Das Kind steht plötzlich neben mir.

Ich ziehe ihm sein rotes Mickymaus-T-Shirt über den Hintern.

Geh duschen, sage ich. Du bist ja ganz verschwitzt.

Selber schwitzig, sagt das Kind. Ich hasse dich.

Ich hole die Milch rein, die morgens in die Aluminiumbox vor der Haustür gestellt wird, und die in Kunststoff geschweißte Zeitung, die in der Auffahrt liegt. Joyce' Kombi steht mit heruntergelassenen Scheiben unter einem Ahornbaum.

Ich stelle die Milch auf den Küchentisch und streiche die Kunststoffhülle der Zeitung glatt, um die Schlagzeilen lesen zu können. Ab sofort darf kein Alkohol mehr ausgeschenkt oder verkauft werden, bis Mai sind folgende Kirchen geschlossen, Hunde dürfen wieder an den Strand.

Eine der Katzen springt auf den Kühlschrank. Die Klimaanlage. Ich drehe mich um, will in den Flur, um sie einzuschalten, sehe Joyce. Sie hockt auf der Kante der betonierten Terrasse, das Kinn auf die angezogenen Beine gelegt. Sie trägt das helle Leinenkleid, das wir letztes Jahr in einer Boutique in New York gekauft haben. Joyce hatte noch diese Stimme, gegen die Ethan nichts sagen konnte. Sie fuhr morgens los mit mir, die Küste entlang, im Radio spielten sie Strandmusik, und wir waren zum Mittagessen in New York.

Sie ist sehr dünn geworden, ihre Haut spannt sich gebräunt und glatt über die spitzen Knochen. Ich schiebe das Fliegengitter zur Seite, die Luft riecht betäubend nach dem seltsamen Kraut, das Joyce im hinteren Teil des Gartens bei der Hollywoodschaukel gepflanzt hat.

Ich bin wieder da, sage ich.

Ich weiß.

Der Klang ihrer Stimme macht mir Gänsehaut. Ich küsse sie auf die Schläfe, spüre ihren Puls an meinen Lippen schlagen.

Ich dachte, du würdest wegbleiben, weil man doch nirgends mehr rauchen darf. Und du rauchst doch so gern.

Ich krame nach meinen Zigaretten, halte ihr das Päckchen hin und gebe ihr Feuer. Die Luftfeuchtigkeit zieht braune Fäden durch das Papier.

Ich habe Durst, sagt Joyce. Seit ich diese Pillen schlucken muss, ist mein Mund trocken wie Sandpapier. Ihr wollt mich verdursten lassen, nicht wahr, ihr wollt auch, dass ich sterbe.

Ich greife nach der beschlagenen Plastikflasche, die zwischen uns steht, aber Joyce schüttelt den Kopf.

Du hast uns gefehlt, sagt sie. Das Kind hat dich vermisst. Wir wissen alle nicht mehr, was wir ohne dich anfangen sollen.

Ich streiche mit den Füßen über das Gras, das an den Spitzen vertrocknet ist.

Ich hab's für dich getan, Joyce. Ich dachte, es würde dir besser gehen, wenn ich weg bin.

Sie sieht mich an, und ich bin sicher, sie schaut mir unter die Haut. Dieser Blick macht mir Angst und die schmalen Lippen, die sie so weit hochzieht, dass ich ihre Zahnhälse sehen kann.

Wo wolltest du hin?, fragt sie. Ohne mich.

Zurück. Aber ich hab's nicht geschafft.

Warum nicht?

Auf dem Nachbargrundstück gehen die Sprenkler an und verstäuben glitzernd Wasser über den Rasen. Ein Hund beginnt zu bellen.

Dieses Haus hat keine Veranda, sagt Joyce. Ich wollte ein Haus mit Veranda, das war meine Bedingung. Sonst wollte ich hier nicht herziehen. Es ist schrecklich hier, nicht wahr, das findest du auch? Man ist hier lebendig begraben oder beinahe schon tot. Es ist nicht so, wie du es dir vorgestellt hast, nicht wahr?

Es ist anders, sage ich ausweichend. Joyce, was passiert mit dir? Das Meer macht nicht krank, so öde es ist auf die Dauer, es macht nicht verrückt.

Weißt du, sagt sie. Die Sommer sind zäh und feucht hier. Anfangs konnte ich keinen Schritt vor die Tür machen, ohne Migräne zu bekommen.

Joyce schiebt eine Hand in den Ausschnitt ihres Kleides und löst den Stoff von der Haut.

Dann beginnt es zu regnen, sagt sie. Es ist immer noch warm und das Laub ist so grellfarben, dass das Hinsehen wehtut. Und der Winter, betonharter Schnee, der sich bis unter die Fenster im ersten Stock türmt. Am schlimmsten ist, dass es keinen Frühling gibt. Der Sommer kommt gleich nach dem Schnee. Aber Ethan sagt, New York ist kein Leben, in New York ...

Plötzlich greift sie nach meinem Fuß, ich rutsche zurück, aber sie umklammert ihn mit erstaunlicher Kraft.

Schau! Du hast meine Füße, guck dir diese Zehen an, das sind meine! Und die Rillen in den Nägeln ...

Das ist Calciummangel, sage ich und versuche zu lachen.

Wann bist du geboren, in welchem Jahr, in welchem Monat?

Das weißt du doch.

Siehst du, sagt Joyce. Sie zieht die Knie wieder unters Kinn.

Du bist meine Tochter. Du kannst nicht einfach gehen, ohne zu fragen. Du kannst nicht zurück ohne mich. Du kannst nie mehr zurück.

Mir tropft Schweiß auf die Oberlippe. Ich wische mir mit dem Handrücken über die Nase, muß an Ethan denken.

Joyce, sage ich. Ich bin nicht deine Tochter. Dein Kind ist im Haus.

Ich habe meine Tochter getötet, sagt sie. Ich wollte es nicht, und Gott wird mir sicher verzeihen, meinst du nicht? Weißt du, dass ich sie umgebracht habe? Er hat mir verziehen, nicht wahr, meine Süße, meine Kleine, mein süßes kleines Mädchen?

Ihre Augen glänzen mich an. Dein Kind ist im Haus, flüstere ich, denn meine Stimme kommt mir auf einmal unangemessen laut vor.

Nicht meins, sagt sie. Das ist Ethans Kind.

Du hast es geboren, oder?

Ein Wunder, sagt sie. Ein Wunder.

Das Kind sitzt am Küchentisch, eine der Katzen auf dem Schoß, und starrt mich an.

Ich streiche ihm übers Haar. Hast geduscht, sage ich. Das ist gut. Wir zwei machen uns jetzt einen schönen Tag. Was hältst du davon?

Nichts, sagt das Kind. Ich hab Schule.

Die Katze springt auf den Boden und reibt sich an meinen Beinen. Das Kind beugt sich zu ihr hinunter. Komm her, die ist allergisch gegen dich.

Ich bringe das Kind zum Schulbus, trage seinen Rucksack über der Schulter. Der Asphalt brennt durch die Sohlen meiner Sandalen. Der Himmel ist weiß, die Schatten in den Vorgärten bewegungslos. Ich zünde mir eine Zigarette an.

Warum lässt er sie allein?, fragt das Kind. Warum tut jemand so was?

Wer?

Das Kind zieht die Schultern hoch. Vergiss es.

Der Schulbus kommt, zischend öffnen sich die Türen. Ich ziehe dem Kind sein T-Shirt über den Hintern, bevor es einsteigt, und gebe ihm seinen Rucksack. Der Busfahrer grinst mich an:

Alles klar bei euch?

Ja, ja, sage ich. Alles klar.

Als ich zurückkomme, ist die Klimaanlage eingeschaltet. Faustgroße Staubflocken wirbeln über den Fußboden. Joyce liegt auf dem Sofa, die Hände unter das Gesicht geschoben, die Augen geschlossen. Ich setze mich zu ihr, lege ihren Kopf in meinen Schoß.

Joyce, sage ich. Hörst du mich?

Sie öffnet die Augen nicht. Die Lider sind wie aus Pergamentpapier. Ich weiß, sie sieht mich.

Du musst glauben, sagt sie. Wenn du deinen Glauben verlierst, wirst du's nie nach New York schaffen.

Was ist mit deiner Tochter passiert?, frage ich.

Ich bin müde, sagt sie. Ich habe keine Tochter. Ich habe nie eine Tochter gehabt. Ich kann nicht mehr weiter. Das musst du verstehen.

Ich bleibe sitzen bei ihr, den Zeigefinger auf ihre Schläfe gelegt, dass ich ihren Puls fühlen kann.

Als ich Joyce kennen lernte, wusste ich, sie war ein ganz anderer Mensch, sie war eine ungewöhnliche Frau. Sie arbeitete in einer Bar, mixte Cocktails, geschmeidig, kraftvoll, und erzählte von ihrer Religion, von Gott. Die Leute hörten ihr zu. Ich hörte ihr zu. Wenn sie sich über die Theke beugte, ihr Haar mir einen Moment lang in die Stirn fiel, hatte ich Angst, mich in sie zu verlieben. Aber sie hielt mich auf Distanz, ihr jungenhafter Körper war so sehr in Bewegung, dass ich nicht Schritt halten konnte. Ihre Eltern waren nach Israel ausgewandert, als Joyce siebzehn war. Und obwohl sie Israel das Gelobte Land nannte, war sie nie dort gewesen und wollte New York nicht verlassen. Joyce ging nicht in die Synagoge und feierte keines der jüdischen Feste, aber als sie Ethan kennen lernte, sagte sie zu mir, heute feiern wir Pessach, das Ende der Sklaverei und den Auszug der Juden aus Ägypten. Aber weil sie sich nicht darauf vorbereitet hatte, saßen wir nur zusammen, tranken Wein, und sie erzählte von Ethan.

Manchmal möchte ich mich aufschlitzen, damit der Ekel aus mir herausquellen kann, sagt Joyce. Ich zucke zusammen. Kannst du aufstehen?, frage ich.

Natürlich, sagt sie und fällt mir gegen die Schulter. Ich hole Wasser und ihre Tabletten. Whisky, bitte, sagt sie. Ich hole Whisky. Sie löst die Tabletten darin auf und trinkt das Glas in einem Zug leer.

Der Ort ist wie ausgestorben, wenn die Saison vorbei ist. Die Cafés sind geschlossen. Viele Häuser stehen leer. Ich kaufe zwei Becher Kaffee im Supermarkt. Er ist lauwarm und süß.

Möwen gleiten über das Meer. Am Horizont stehen dunkle Wolken wie eine Mauer. Joyce balanciert auf der Bordsteinkante. Hältst du mich für verrückt?

Ich antworte nicht. Sie geht auf die Straße, bleibt in der Mitte stehen.

Ein Auto könnte mich totfahren, sagt sie.

Es kommt kein Auto, sage ich. Sie läuft auf der Straße weiter.

Denkst du, dass ich verrückt bin?

Ich weiß nicht. Ich wollte für dich beten, aber ich wusste nicht wie. Du bist mir so fremd geworden, und du fehlst mir. Ich vermisse dich, Joyce.

Hm, macht sie und stößt das rostige Tor auf, an dem ein grünes Schild mit der Strandordnung befestigt ist.

Wie du meinst, sagt Joyce. Ich denke, dass Gott mich verlassen hat. Mit gutem Recht. Ich habe ihm nämlich nicht vertraut. Aber ich hatte einfach keinen Mut, ich wusste nicht, was ich tun sollte, allein, in New York, mit der Kleinen. Ich war verzweifelt, verstehst du? Verzweifelt!

Die Dünen sind neu mit Maschendraht eingezäunt. Joyce tritt ihn nieder.

Du musst nicht beten, sagt sie. Du nicht! Er hat dich doch geschickt, um mich zu quälen. Dass du wie meine Mutter heißt, hat mich ja zuerst nicht gestört. Aber als du im gleichen Monat, im gleichen Jahr geboren warst wie meine Tochter, da wusste ich, dass er dich geschickt hat. Er will mich quälen. Quälen will er mich, weil ich ihn verraten habe.

Ich gehe auf dem hölzernen Steg neben ihr her.

Gott quält nicht, sage ich. Das hast du selbst gesagt.

Sie hat die rechte Hand zur Faust geballt und klopft sich damit gegen den Hals. Es ist windig geworden. An ihren Augenbrauen und Wimpern klebt Sand.

Meine Tochter durfte nicht leben, sagt sie und trampelt durch die Dünen.

Ich bleibe stehen, versuche, mir eine Zigarette anzuzünden. Meine Hände zittern. Der Strand liegt vor uns, in glatte Wellen geweht, am Wasser von dunklen Muschelketten durchzogen. Joyce beginnt zu laufen, flattert mit ausgestreckten Armen und Fisselhaar durch den Sand. Sie tritt in die Muscheln, stolpert. Möwen stürzen sich auf die zertretenen Muscheln. Joyce dreht sich nach ihnen um, geht in die Knie, greift in den feuchten Sand, schreit. Ich presse die Handflächen gegen die Ohren. Joyce' Schreien wird lauter, wird Kreischen, wird unerträglich.

Sei still, sei still, sei still, brülle ich. Sie hebt den Kopf, presst eine sandige Faust gegen die Lippen, starrt mich an. Ich lasse die Hände sinken, gehe zu ihr, langsam, meine Haut fühlt sich taub an.

Ich hab sie nicht mal zur Welt gebracht, sagt Joyce, als ich sie an der Schulter packe und hochziehe.

Komm jetzt, sage ich. Niemand will dir was Böses. Komm, ich bring dich weg von hier.

Ich lege mir ihren Arm um die Schulter.

Mein Gott, sagt sie. Wir könnten endlos so weitermachen.

Joyce liegt auf dem Sofa, das Whiskyglas umgestülpt auf ihren Bauch gedrückt. Ethans Wagen fährt die Auffahrt hoch. Das Scheinwerferlicht fällt grell ins Zimmer.

Sag ihm nichts, flüstert Joyce. Ich nehme ihr das Glas aus der Hand. Die Flecken auf ihrem Kleid sind an den Rändern braun eingetrocknet.

Sag ihm nichts, sag ihm nichts, sag ihm nichts.

Ich lege ihr meinen Zeigefinger auf die Lippen. Die Haustür geht auf. Ethan bringt das Kind mit und Pizza. Seine Stimme kommt mir unglaublich laut vor. Was ist passiert?

Er tippt mit dem Finger auf Joyce' Kleid und riecht daran.

Hat sie die Medikamente genommen?

Ich gehe in die Küche, hole mir ein Bier aus dem Kühlschrank. Das Kind kaut Pizza und starrt mich feindselig an. Der Käse hängt ihm in Fäden aus dem Mund.

Friss dich doch tot, denke ich.

Ethan trägt Joyce ins Schlafzimmer. Ich verstehe nicht, was sie sagt, monoton wiederholt, ihre Stimme ist nicht mehr laut genug, um Ethan zu übertönen. Hör auf, sagt er. Hör auf, du machst uns noch alle verrückt.

Ich gehe in den Garten. Es riecht nach gegrilltem Fleisch und Fisch. Ich höre, wie Leute sich unterhalten und jemand im Pool schwimmt. Die Luft ist so schwer, so bewegungslos, dass sie die Haut wie Schweiß überzieht und mein Haar an den Schläfen kräuselt. Aber wenn ich mir mit der Zunge über die Lippen fahre, schmecken sie salzig. Es wird regnen, da bin ich mir sicher. Das

Fliegengitter der Küchentür wird aufgeschoben und wieder geschlossen.

Ethan legt sich zu mir ins Gras. Tut mir Leid, wenn du einen schlimmen Tag hattest.

Schon okay. Ich schiebe meinen Kopf unter sein T-Shirt.

Seine Haut fühlt sich alt an, älter als beim letzten Mal, und ich versuche, das vertraut zu finden. Seine Hände liegen auf meinen Hüften, einen Moment lang habe ich Angst, er könnte sie hinter meinem Rücken falten.

Sie wird immer verrückter, sagt Ethan. Vorgestern musste ich sie zum Arzt bringen, weil sie ihren Arm nicht mehr bewegen konnte. Ihre Hand sah ganz verkrüppelt aus. Und was macht der Arzt? Lässt sie in 'ne Tüte blasen. Und Joyce heult mir die Ohren voll, der Teufel habe auf ihrer Schulter gesessen. Ich drehe auch noch durch, wenn das so weitergeht.

Ich setze mich auf, zünde mir eine Zigarette an.

Kannst du das nicht einmal lassen? Ich kann's nicht ausstehen, wenn Frauen rauchen.

Er greift mir in den Nacken und zieht mich zu sich.

Warum sind meine Frauen immer total bescheuert? Verrat mir das mal.

Du stinkst nach ihrem Kleid, sage ich. Du stinkst nach Alkohol.

Im Schlafzimmer geht das Licht an und aus.

Die Plastikpanzer und Soldaten sind von der Fensterbank gefegt, als ich ins Kinderzimmer komme. Schläfst du schon?, frage ich.

Das Kind liegt mit zusammengepressten Augen im Bett.

Joyce' Heulen klingt wie eine Sirene. Ich hebe einen Panzer vom Boden auf und fahre dem Kind damit über den Arm.

Peng, peng, sage ich. Das Kind sieht mich an.

Du bist albern, sagt es und nimmt mir den Panzer aus der Hand.

Boom. Du bist tot.

Ich greife mir stöhnend ans Herz. Ich bin tot.

Joyce schreit. Lass mich, fass mich nicht an, geh weg!

Der Teufel ist bei ihr, sagt das Kind.

Es gibt keinen Teufel. Ich falte meine Finger in die des Kindes. Es runzelt die Stirn, schaut zur Tür. Sollen wir beten?

Ich weiß nicht, sage ich. Nein.

Barenberg

Kaum, dass ich Barenberg das Rauchen beigebracht hatte, wollte er schon sterben.

Ich bin unglücklich, sagte er. Ich bin unheimlich unglücklich.

Ich ziehe Barenbergs blauen Mantel über. Mein Anorak ist noch nass. Ich nehme ihn nicht mit. Verlasse die Wohnung, ohne die Tür hinter mir zuzuschlagen. Gehe fast lautlos, nur manchmal knarzt eine Diele. Barenberg schläft wie ein Baby.

Wenn man ihn beim Schlafen störe, hat er zu mir gesagt, verliere er die Fassung und sei nur schwer wieder zu beruhigen.

Im Treppenhaus stinkt es nach Knoblauch und Pisse. Barenberg glaubt, die Jugendlichen, die sich auf den Hinterhöfen herumdrücken, pinkeln im Erdgeschoß unter die Treppe, weil sie nicht nach Hause wollen.

Ich will auch nicht nach Hause, deswegen pinkele ich noch lange nicht ins Treppenhaus anderer Leute. Ich bleibe einen Augenblick stehen, horche, ob Barenberg mir nachkommt. Gehe dann langsam die ausgetretenen Stufen hinunter, ziehe die Hand über das breite Treppengeländer.

Barenberg riecht nicht wie ein Mann. Als ich ihn kennen lernte, sagte ich: Barenberg, was riechst du so komisch?

Vielleicht nach dem Parfum meiner Freundin?, fragte er und schnupperte am Ärmel seines engen Rollkragenpullovers.

Und wirklich, Barenberg roch nach Frau. Ich legte meine Wange auf seine Schulter und fuhr ihm mit der Nasenspitze über den

Hals. Du riechst gut, sagte ich. Und er legte eine Hand auf mein Haar und neigte den Kopf, dass ich ihn hinter das Ohr küssen konnte.

Barenberg war ein schöner Mann, beinahe schöner als eine Frau, wenn man davon ausgeht, dass Frauen grundsätzlich besser aussehen als Männer. Und er erinnerte mich an einen Jungen, mit dem ich in der Mittelschule küssen geübt habe. Siebte oder achte Klasse war das. Als ich sagte, wie unangenehm Küssen doch sei, schlug der Junge mir so fest ins Gesicht, dass mir die Nase blutete.

Marlene hatte Geburtstag. Sie feierte in der Cocktailbar, die wir in unserer Schulzeit nicht einmal unter Strafandrohung betreten hätten, so peinlich fanden wir die Türsteher mit ihren schwarzen Sonnenbrillen und die aufgedonnerten Leute, die vor der Bar Schlange standen.

Jetzt war ich auf der Gästeliste eingetragen und wurde von einer Asiatin an den Tisch gebracht.

Marlene saß lässig zurückgelehnt in einem Samtsessel am Tisch und rauchte ein Zigarillo.

Da kommt meine klügste und liebste Freundin, stellte sie mich vor. Merkt euch ihr Gesicht, es wird sicher bald in jeder Zeitung zu sehen sein, und wenn nicht ihr Gesicht, dann das ihres Freundes. Ein Spitzentyp. Merkt's euch, bald hängen eure Arbeitsplätze von dieser Frau und ihrem Freund ab.

Haha, machte ich und wollte Marlene umarmen. Sie schüttelte mich ab und deutete mit ausgestrecktem Arm über den Tisch hinweg auf einen Mann.

Du sitzt da, neben Barenberg, sagte sie.

Ich sah mich kurz um, keiner der Gäste schien Marlene und mich zu beachten. Ich stieß ihr mit der flachen Hand gegen die Schläfe, und sie lachte.

Ich setzte mich neben Barenberg, konnte ihn riechen und lehnte mich vorsichtig ein Stück weit über die gepolsterte Lehne meines Sessels zu ihm hinüber. Er schien es nicht zu bemerken, zerrieb mit langen, schmalen Fingern ein Pfefferminzblatt. Diesen Geruch fand ich unangenehm und rutschte wieder von Barenberg weg. Langweilte mich, rauchte Zigaretten und trank sechs verschiedene Cocktails.

Saufen kann sie immer noch wie ein Kerl, sagte Marlene.

Ich zuckte zusammen, sah ihr Gesicht verschwommen auf der anderen Seite des Tisches. Ein Mädchen saß bei ihr auf dem Schoß, und ich dachte, mein Gott, sie ist immer noch so.

Sie sah toll aus, sagte Marlene. Und wollte was verändern. Und jetzt nur noch Saufkopf und kaum verdeckte Spießigkeit

Ich wollte etwas erwidern, aber Marlene küßte das Mädchen, und ich sah weg.

Asiatinnen räumten die leeren Gläser ab, sammelten Papierschirmchen und Strohhalme ein und brachten uns neue Kunstwerke aus Milchschaum, exotischen Früchten und Rum.

Das Theater hat keinen Reiz mehr für mich, sagte Barenberg plötzlich.

Meine Meinung!, rief ich und drückte meine Zigarette im muschelförmigen Aschenbecher aus. Nichts wie weg hier! Barenberg fuhr zu mir herum. Wie bitte?

Ich zuckte zusammen und dachte an den Jungen, der mir die Nase blutig geschlagen hatte. Oh, sagte ich und wurde rot. Ich dachte, du sprichst mit mir.

Barenberg lachte wie ein Mädchen. So einer schlug nicht mal mit der Faust auf den Tisch. Das war mir sympathisch.

Ich studiere Theater, sagte er. Und Politik.

Liegt nah beieinander, was?, meinte ich.

Eigentlich gar nicht, sagte er.

Ich versuchte, mich mit ihm über Politik zu unterhalten. Aber es machte keinen Spaß. Er sprach immer nur von Menschen und konnte meinen Standpunkt nicht begreifen, dass man keine Politiker mehr brauche, die Wirtschaft habe die Macht längst übernommen, weshalb ich BWL studiere.

Als er sagte, vermutlich sei er ein Idealist, gab ich auf. Ich zündete mir eine Zigarette an, hielt ihm das Päckchen hin. Er lehnte mit einer leichten Kopfbewegung ab.

Willst du hier wirklich weg?, fragte er.

Da ich es für ungeschickt hielt, zusammen zu verschwinden, verabschiedete er sich zuerst, und ich ging eine Viertelstunde später.

Feiges Weibsstück!, rief Marlene mir nach. Du brauchst dich hier nicht mehr blicken lassen.

Marlene war auch so eine. Kriegte nichts auf die Reihe und glaubte, das Leben sei ein Vergnügen. Sie hielt es für richtig, jeden Morgen frei entscheiden zu dürfen, ob man aufstehen mag oder liegen bleibt. Und in dieser Cocktailbar Geburtstag zu feiern, fand sie vermutlich ironisch. Ironie war ihr Lieblingswort. Damit konnte man alles entschuldigen.

Barenberg wartete vor der Bar auf mich. Er lehnte mit nassem Haar an der Hauswand. Es schneite.

Du hast ja ganz blaue Lippen, rief ich. Geht es dir nicht gut?

Ich habe meinen Mantel vergessen, sagte er.

Ich umarmte ihn, drückte meine Lippen auf seinen kalten Mund

und küsste ihn. Ganz spontan. Er schmeckte nach Pfefferminz und hatte einen weichen Zungenschlag. Aber dann drehte er unvermittelt seinen Kopf zur Seite und schnappte nach Luft.

Du bist ja witzig, sagte er. Du bist ja wirklich witzig.

Wir liefen Hand in Hand durch den Schnee. Barenberg klapperte mit den Zähnen, aber er wollte meinen Anorak nicht haben.

Du spinnst wohl, sagte er. Der Mann eingemummelt in eine schöne Jacke, und die Frau stolpert halb erfroren hinterher. Was gibt denn das für ein Bild ab?

Von Anfang an verstanden wir uns nicht.

Hier stinkt's ja wie bei den Türken, sagte ich, als wir durch das Treppenhaus gingen. Und Barenberg meinte, er fände derartige Äußerungen nicht schön.

Ich scheiß auf deine Political Correctness, antwortete ich, und er sagte, damit habe das nichts zu tun und ob ich mir bitte die Schuhe vor der Tür ausziehen wolle.

Ich wollte nicht, tat es aber. Er stellte sie ordentlich neben die geflochtene Fußmatte.

Barenberg hatte nichts zu trinken im Haus. Das ärgerte mich.

Er verschwand in der Küche, um Tee zu kochen, und ich setzte mich auf sein mit Kissen und Decken überladenes Bett. Barenberg wohnte in einer Wohngemeinschaft, was mir eigentlich hätte genügen müssen, um zu wissen, das war kein Mann für mich. In seinem Zimmer wirkte alles irgendwie schmuddelig und improvisiert. Er hatte keinen Kleiderschrank, sondern eine Kleiderstange und bunte Pappkartons. Das Bücherregal war aus Brettern und Ziegelsteinen gebaut, die Bücher darin waren nicht nur ohne eine erkennbare Ordnung, sie stapelten sich, lehnten und standen auf jede nur erdenkliche Weise, ganz und gar chaotisch.

Eine Nachlässigkeit eben, die Barenberg vermutlich für intellektuell hielt und die ich nicht leiden konnte, schon gar nicht bei Männern. Außerdem konnte ich nirgendwo einen Aschenbecher entdecken.

Darf man hier rauchen?, fragte ich, als Barenberg mit einem Tablett hereinkam.

Er lächelte und stellte das Tablett auf den Holzfußboden.

Du darfst hier rauchen, sagte er. Aber eigentlich sind wir eine Nichtraucher-WG.

Er goss Tee in bunte Steingutbecher.

Is heiß, sagte er. Verbrenn' dich nicht.

Der Mann war ein Mädchen. Ich sagte: Wenn ich an die Macht komme, verbiete ich Tee. Das Volk soll sich totsaufen.

Worauf ich so wütend sei, wollte Barenberg wissen, und als ich nicht antwortete, erzählte er mir von seiner Freundin, die von sich in der Mehrzahl spräche. Wir lieben dich nicht mehr, Barenberg. Wir haben beschlossen, dass es besser für uns ist, wenn wir uns von dir trennen.

Ich unterdrückte mein Lachen nur, weil er so traurig aussah und weil mir gefiel, wie er sich mit dem Zeigefinger die Nasenspitze streichelte.

Dein Tee schmeckt wie Spinat, sagte ich. Und Spinat habe ich nur als Kind gern gegessen.

Er sagte, das sei ungewöhnlich.

Wir holten Wein an der Tankstelle und Zigaretten. Du musst rauchen, sagte ich. Ein Mann, der nicht raucht, ist nichts wert.

Plötzlich kommt mir der Wein hoch. Ich stolpere, stürze gegen das Treppengeländer. Tapfer schlucke ich Saures. Man kotzt nicht in das Treppenhaus anderer Leute. Auch nicht, wenn es wahrscheinlich keinen kümmern würde. Barenberg hat gesagt, einmal im Monat müsse einer aus der Wohngemeinschaft das Treppenhaus putzen. Im ganzen Haus käme niemand dieser Verpflichtung nach, was für ihn kein Grund sei, es auch nicht zu tun.

Soll er doch putzen, denke ich, aber mein Magen hat sich schon wieder beruhigt. Ich schnäuze mir die Nase, betrachte den stückigen Schleim im Taschentuch, zerknülle es und stecke es in Barenbergs Mantel.

Nachdem wir eine Flasche Wein getrunken hatten, fing Barenberg an, richtig albern zu werden. Er sagte, ich sei eine wirklich schöne Frau, am besten gefiele ihm meine Stimme.

So musst du mir gar nicht erst kommen, antwortete ich.

Er zog sich die Jeans aus, weil sie ihm unbequem wurde, saß mit kaum behaarten Beinen in gepunkteten Boxershorts und Wollpulli vor dem Bett und sang John Lennons »Imagine« in die leere Weinflasche. Immer wieder. Ich bat ihn, damit aufzuhören, aber das schien ihn nur noch mehr zu ermutigen. Er hatte eine hübsche Stimme, aber als er mit der Piaf anfing, schlug ich so lange auf ihn ein, bis er lachend zusammenbrach und wir uns wieder küssten.

Er sagte, ich liebe dich nicht, also darf ich nicht mit dir schlafen.

Barenberg!, brülle ich. Barenberg, verdammtes Arschloch, Wichser, Mädchen!

Er hört nicht. Er schläft wie ein Toter, jedes Baby wäre längst aufgewacht und würde schreien. Dann könnte ich wieder hochgehen in Barenbergs Wohnung, ihn aus den zerschlafenen Laken wickeln, meine Lippen auf seinen Bauch drücken und pusten, bis er zu lachen anfängt. Aber Barenberg hört nicht. Barenberg pennt.

Ich schnuppere noch einmal den Treppenhausgeruch, dann drücke ich die Haustür auf und trete auf die Straße. Der Schnee ist gelb und klumpig gefroren. Es ist scheißkalt. Ich straffe mich, stoße die Hände in die Manteltaschen, fühle das feuchte Taschentuch an den Fingern. Auf den Gehweg wird man's wohl werfen dürfen. Ich habe Barenberg das Rauchen beigebracht, dass man Alkohol trinkt und mit Frauen schläft, ohne sie zu lieben.

Lila

Man soll Leidenschaft haben. Man soll einen anderen Menschen begehren. Man soll saufen und rauchen und koksen. Man soll leben. Man erwartet ein Leben von mir, und ich kann mit keiner Geschichte aufwarten.

Ich stehe auf der Terrasse und atme. Ich atme tief ein und laut aus, stehe da mit offenem Mund. Bin von der Glastür weggetreten und vom Licht, das weiß und rechteckig auf die Terrasse fällt. Im Wohnzimmer stehen die Leute um den Fernseher herum und zählen die Sekunden bis Mitternacht.

Am Himmel zerplatzen die ersten Raketen. Gutes Neues, höre ich Janusch im Wohnzimmer schreien. Gutes Neues.

Ich weiß nicht, warum er das Jahr vergisst. Vielleicht spielt das Jahr keine Rolle. Jemand macht Musik an.

Ich stehe draußen und atme, weil ich nicht mehr rauche. Weil ich nicht Lila heiße. Lila hat mich nur einer genannt, hat Janusch mich genannt, weil Lila eine Farbe ist. Die Farbe der unbefriedigten Frauen, hat er gesagt. Wir haben miteinander geschlafen, immer wieder, meistens hier, im Ferienhaus von Christophs Eltern. Der Name blieb.

Das Ferienhaus steht in einem kleinen Garten. Der Garten ist dunkel, auch tagsüber, die Kiefern sind zu hoch gewachsen. Nadeln haben den Rasen erstickt und liegen auf der Terrasse. Das Ferienhaus hat ein moosiges Reetdach und von Kreuzen unterteilte Fenster. Es sieht aus wie gemauert. Aber Mareile sagte gestern, es ist nur ein Fertighaus. Dann biss sie sich mit großen, etwas vorstehenden Zähnen auf die Zungenspitze. Ich gehe zurück ins Wohnzimmer.

Janusch hat viele Geschichten. Wenn er will, kann er mir jede Stunde etwas Neues erzählen. Manchmal denke ich, dass ich ihm einen orientalischen Teppich schenken sollte und ein Instrument, auf dem er in den Pausen zwischen seinen Geschichten spielen kann. Aber mir fällt kein passendes Instrument ein. Das Saxophon wäre zu groß und eine Flöte sähe lächerlich aus in Januschs Händen.

Wir sitzen auf der Couch. Janusch hält den Hals seiner Wodkaflasche mit den Fingern umschlossen. Er hat lange, kräftige Finger, aber die Nägel sind sehr rund, rau, als habe ihm jemand immer wieder drauf geschlagen.

Oft fühle ich mich so geborgen in Januschs Geschichten, dass er fragt, ob ich stumm bin.

Mareile sagt auch nichts. Sitzt wie verstört auf einem der Esszimmerstühle.

Christoph läuft aufgescheucht zwischen seinen Gästen herum. Reicht jemandem einen Flaschenöffner, küsst eine Frau auf die Wange, schenkt Wein nach. Sein graues Hemd hat Schweißränder unter den Armen. Manchmal bleibt er einen Augenblick lang stehen, macht sich den obersten Hemdknopf auf, stürzt zur Terrassentür, streckt seinen Kopf raus, knöpft das Hemd wieder zu, und dann läuft er weiter zwischen seinen Gästen herum.

Christoph erinnert mich an den Spatzen, der letztes Frühjahr in meiner Hand gestorben ist. Nachdem er einen ganzen Vormittag lang auf dem Baum vor meinem Fenster herumgehüpft war, flog er plötzlich gegen die Fensterscheibe. Ich wollte ihn im Vorgarten begraben, aber der Vermieter, der die Wohnung im ersten Stock hat, sagte, das kommt gar nicht in Frage, so ein Vieh verseucht das Grundwasser und gehört in die Mülltonne.

Bist du stumm geworden?, fragt Janusch.

Ich sage, Christoph tut mir Leid. Die Leute sind nicht wegen ihm gekommen. Sie wollen nur in einem Ferienhaus an der Ostsee Sylvester feiern.

Mareile beugt sich auf ihrem Stuhl zu uns vor. Das ist wahr, sagt sie.

Janusch hält mir die Wodkaflasche hin. Hier, sagt er, trink.

Ich habe keine Geschichte, die ich erzählen könnte. Ich habe in meinem Leben nur drei Männer geküsst. Einen Neonazi, danach Christoph, den der Neonazi einen Sesselfurzer nannte, danach Janusch. Janusch ist mein einziger Geliebter gewesen. Janusch hat mich Lila genannt, und jetzt nennt mich jeder Lila.

Der Neonazi war ein kleiner Mann mit grünen Augen. Auch ohne Schuhe war ich einen halben Kopf größer als er. Der Neonazi brachte meinen kleinen Bruder nach Hause und holte ihn ab, nachdem der von Türken vom Pausenhof gezerrt und verprügelt worden war. Ich küsste den Neonazi so lange, bis Mutter meinen Bruder auf eine andere Schule schickte.

Mit Christoph habe ich zusammen studiert und ein paar Monate lang in seiner Wohnung Unterschlupf gefunden, als ich mein Studium abbrach und meine Eltern meine Miete nicht mehr bezahlen wollten. Christoph war mit Janusch befreundet. Ich lernte ihn auf einer Party im Ferienhaus kennen. Er saß in einem Sessel aus moosgrünem, knautschigem Leder und hielt seine Füße ans elektrische Feuer. Er sah mich an, als ich hereinkam, er ließ mich nicht aus den Augen, und wenn ich hinter ihm stand, drehte er den Sessel so, dass er mich wieder sehen konnte. Er sagte nichts, kratzte sich nur manchmal an der Schläfe oder flocht das Haar, das ihm dunkel in die Stirn fiel, zu kleinen, glänzenden Zöpfen.

Als ich betrunken genug war, um mich etwas zu trauen, setzte ich mich auf seinen Schoß und legte meine Arme um seinen Hals.

Janusch sagte, du hast kein Profil.

Ich sagte, wie bitte?

Ich habe noch nie eine Frau gesehen, sagte er, die schön ist und gleichzeitig so verwaschen.

Verwaschen, sagte ich und wollte aufstehen. Er hielt mich fest, presste seine Hände auf meine Hüften. Lila, sagte er, du bist lila.

Was soll ich mit meinen Händen machen? Wenn ich nicht rauche. Was mache ich mit den Händen, wenn ich nichts zu erzählen habe, wenn es mir still vorkommt? Was mache ich. Janusch zieht die Plastikfolie vom Zigarettenpäckchen und reibt sie zwischen den Handflächen, wenn ich rauche. Manchmal schiebt er die Folie verkehrt rum wieder über die Schachtel, sodass ich sie nicht gleich aufbekomme, wenn ich eine neue Zigarette brauche.

Über der Couch hängt ein Segelschiff auf stürmischem Meer, von Christophs Mutter in Acryl gemalt.

Liebe ist eine Verniedlichung von Trieb und Sucht, sagt Janusch. Er ist nicht süchtig nach mir. Und nichts treibt ihn zu mir hin. Sagt er. Janusch nimmt mich, wenn ich da bin. Keine Abhängigkeit, keine Verpflichtung. Mit Liebe haben wir nichts zu tun.

Christoph öffnet eine Flasche Wein. Die Flasche klemmt zwischen seinen Knien, nicht fest genug, knallt auf den Boden. Christoph taumelt, hält triumphierend den Korken am Korkenzieher in die Höhe. Kein Wein verschüttet. Die anderen klatschen. Christoph schenkt ein in Gläser, die wie eine kleine Armee auf dem Couchtisch stehen. Die Tischplatte liegt auf einem Marmorblock, in den ›Der Tochter zur Hochzeit von den lieben Eltern‹ eingraviert ist.

Ich nehme ein Glas, stoße mit Janusch an.

Immer in die Augen schauen, sagt er, sonst hast du sieben Jahre lang schlechten Sex.

Das wäre nichts Neues, sage ich.

Christoph lacht, legt einen Arm um mich und sagt, vielleicht solltest du es mal mit einem neuen Mann probieren.

Du meinst wohl nicht dich, sagt Janusch.

Christoph küsst mich auf die Wange und trinkt sein Glas in einem Zug leer.

Der ist süchtig, flüstert Janusch mir ins Ohr.

Christophs Sucht interessiert mich nicht.

Mareile nuckelt an einer Wasserflasche, saugt sich am Flaschenhals fest, bis ihre Lippen abrutschen. Das macht ein widerliches Geräusch. Mareile sitzt nie auf einem Sessel oder auf der Couch. Auf dem Esszimmerstuhl erinnert sie mich an eine Lehrerin, Gesellschaftskunde, groß und dünn. In Gesellschaftskunde hatte ich immer eine Fünf, weil die Lehrerin von dem Neonazi wusste. Sie ließ mich im Unterricht aufstehen und sagte, so sieht ein Nazischwein aus. Ein Nazischwein ist auf den ersten Blick nicht unbedingt von einem normalen Menschen zu unterscheiden.

Als ich ihr von meinem Bruder erzählte, und dass mein Freund ihn beschützte, sagte sie, dass ihn jeder hätte verprügeln können. Und dass ich sagen sollte, jemand hat meinen Bruder verprügelt, Leute haben meinen Bruder verprügelt und nicht Türken. Sie begriff nicht, dass mein Bruder mit einem türkischen Mädchen ausgegangen war und dass es durchaus eine Rolle spielte, wer ihn verprügelt hatte.

Mareiles Lippen rutschen wieder von der Wasserflasche ab. Ich schenke mir Wein nach.

Einmal habe ich Mareile eine Zigarette angeboten. Sie ließ sie sich von mir anzünden, zog daran, hustete.

Du musst dir die Nase zuhalten, sagte ich, und ganz normal einatmen.

Sie ließ sich von mir die Nase zuhalten. Der Rauch quoll aus ihrem Mund und trieb ihr Tränen in die Augen. Mareile konnte nicht rauchen. Sie sagte, es tue ihr Leid.

Sie wollte es später noch einmal versuchen.

In unserem Alter raucht man schon seit Jahren, sagte ich, oder man tut es nie.

Es tut mir Leid, sagte Mareile.

Wir müssen keine Isomatte im Wohnzimmer ausrollen. Wir sind der harte Kern. Mareile und ich sollen im Kinderzimmer schlafen. Christoph solidarisiert sich mit seinen Gästen und pennt auf der Couch. Das erwartet keiner von dir, sage ich und biete ihm meinen Platz im Hochbett an. Schlaf du da mal, sagt Christoph.

Janusch hat das Elternschlafzimmer für sich alleine. Er ist letzte Woche Vater geworden. Er will sein Studium abbrechen und in der Marmeladenfabrik arbeiten gehen. Er hat nie richtig studiert. Er sagt, das Baby habe ihm eine Richtung gegeben.

Ich sehe ihn am Fließband stehen und Deckel auf Marmeladengläser legen. Er sagt, es sei gut so. Ein Baby könne man lieben.

Ich mag es, wenn Janusch mich greift. Wenn er auf der Bettkante sitzt, mit einem Bleistift zwischen den Lippen. Er kaut nicht darauf herum. Er berührt die Bleistiftmine mit der Zungenspitze. Die Mine ist kalt. Das fühlt sich gut an, sagt er.

Ich sitze neben ihm, die Beine übereinander geschlagen, die Hände auf dem linken Oberschenkel gefaltet.

Janusch fragt, was fühlst du?

Ich sage, ich habe geträumt …

Nein, warte, sagt er und zeichnet mit dem Bleistift in die Luft. Ich will keine Träume und keine Deutungen, sagt er. Was fühlst du?

Ich starre ihn an. Er starrt zurück, den Bleistift wieder zwischen den Lippen. Was tut er mit seinen Händen? Ich kann sie nicht sehen. Sie versinken in der geblümt bezogenen Bettdecke, versinken hinter ihm. Er stützt sich mit seinen Händen ab.

Ich bin wütend, sage ich.

Ah, macht er, nimmt den Bleistift in die linke Hand, schreibt damit in die Luft. Ich mag es nicht, wenn Leute mit der linken Hand schreiben. Ich bin selbst Linkshänderin gewesen. Aber ich habe mir das abgewöhnt. Von der ersten bis zur dritten Klasse habe ich gebraucht, mir das abzugewöhnen. Niemand sonst schrieb mit links.

Janusch legt den Bleistift neben die Nachttischlampe, deren Schirm mit den gleichen Blumen bedruckt ist wie die Bettwäsche.

Du hast kein Recht, wütend zu sein, sagt Janusch. Möglicherweise verstehe ich, dass du wütend bist, aber du hast absolut kein Recht dazu.

Ich stehe auf, nehme den Bleistift vom Nachttisch und mache eine Bewegung, als wollte ich damit zustechen. Janusch zuckt zurück, lässt sich dann lachend auf den Rücken fallen.

Wo willst du denn hin?, fragt er. Ich ziehe die Tür hinter mir zu, warte noch einen Augenblick lang, höre Janusch lachen. Ich taste mich durch den Flur zum Kinderzimmer. Die Tür ist nur angelehnt. Ich setze mich an den Schreibtisch und ziehe den Bleistift über die Tischplatte, immer hin und her, lange, gerade Linien, hin und her.

Nach einer Weile kann ich meine Hände in der Dunkelheit sehen. Die Linien sehe ich nicht.

Bist du das?, fragt Mareile. Sie setzt sich im Bett auf.

Ich weiß nicht, wen du erwartest, flüstere ich.

Was ist los?, fragt sie.

Ich kann nicht schlafen, flüstere ich.

Warum flüsterst du?, fragt sie.

Ich kann nicht schlafen, schreie ich. Sie macht pscht und kommt zu mir an den Schreibtisch. Sie setzt sich auf meine Linien. Sie hat Hosen an, einen Rollkragenpullover und eine Strickjacke. Ihr Gesicht sieht im Dunkeln unheimlich aus.

Isst du eigentlich genug?, frage ich.

Ja. Klar, sagt sie und verschränkt die Arme vor der Brust. Deswegen weckst du mich auf?

Ich habe Hunger, sage ich.

Wir schleichen uns in die Küche. Der Kühlschrank ist bis auf ein paar Flaschen Bier leer. Im Vorratsschrank finde ich ein halbes Päckchen Mehl und eine Dose Ananasscheiben. Das Verfallsdatum ist schon seit drei Monaten überschritten.

Im Wohnzimmer müssen noch Chips und Salzstangen sein, aber Mareile lässt sie mich nicht holen.

Du weckst keinen auf, nur weil du den Bauch noch nicht voll genug hast, sagt sie.

Die sind besoffen, die wachen nicht auf, sage ich. Mareile schüttelt den Kopf.

Ich friere, sagt sie. Laß uns schlafen gehen.

Ich öffne die Dose. Die Ananasscheiben schmecken vergoren, aber nicht schlecht.

Mit dir stimmt doch was nicht, sagt Mareile. Willst du reden?

Wenn Mareile redet, hält sie sich die Finger vor den Mund. Tut sie das erst seit neuem oder ist es mir vorher nie aufgefallen? Ich rühre Mehl in den bitzeligen Fruchtsaft, aber das kann man nicht essen. Ich lasse mir den Mehlsaft über die Hände laufen. Das fühlt sich gut an, geschmeidig. Mareile wischt den Saft von der Anrichte.

Wasch dir die Hände, sagt sie. Ich setze mich an den Küchentisch. Sie nimmt die Dose, streicht vorsichtig mit dem Finger über den aufgeschnittenen Rand. Ich mache mir eine Flasche Bier auf.

Mareile erzählt von Januschs Augen. Blaue Iris unter blassen, geschwollenen Lidern. Und dass Janusch immer nur mich anschaut.

Ich bin keine Konkurrenz für dich, sagt sie und dreht die Dose zwischen den Händen.

Ich denke, dass Janusch sie einmal anfassen sollte. Das würde ihr gut tun.

Jede Frau ist Konkurrenz, sage ich. Verlass ist nur auf Männer.

Auf mich kannst du dich verlassen, sagt Mareile. Janusch gehört dir. Ich würde ihn nicht antasten.

Du bist so beschissen naiv, sage ich. Weißt du nicht, dass er ein Kind hat?

Mareile reibt sich mit einer Hand über den Mund, greift mit der anderen in die Dose, ich denke, sie will damit nach mir werfen.

Bestimmt wollte er das Baby nicht haben, sagt sie und stellt die Dose auf den Tisch.

Blut quillt aus einem feinen, länglichen Schnitt in der Fingerkuppe, rinnt an ihrer Hand hinunter. Ich muss lachen. Wasch dir die Hände, sage ich.

Pscht, macht sie, weck keinen auf.

Sie nimmt die Dose, öffnet den Schrank unterm Spülbecken und legt sie vorsichtig in den Mülleimer. Dann wischt sie das Blut von der Schranktür und wickelt sich das Spültuch um die Hand.

Ich gehe zurück zu Janusch. Er schläft mit offenem Mund. Liegt quer über das Ehebett ausgestreckt. Ich ziehe die Decke unter ihm weg. Er dreht sich seufzend auf die Seite.

Erster Januar. Die Ostsee ist bleich und träge. Janusch hält die Ostsee für das Meer. Er kreiselt vor uns den Strand entlang, schlägt mit den Armen. Grellgrüne Algenketten im Sand. Bierflaschen, Scherben, Zigarettenstummel und Reste von Böllern. Janusch schreit, ich liebe das Meer, ich liebe das Meer.

Heißt das, du bist süchtig?, schreie ich. Er lacht nur und kreiselt weiter. Mareile zieht sich die Schuhe aus und zwei Paar Socken. Barfuß tappt sie am Wasser entlang.

Sie trägt eine braune Wollmütze, die sie immer wieder betastet, als fürchte sie, der Wind könne das Ding fortgeweht haben, ohne dass sie es bemerkt hat. Unter dem rechten Handschuh sieht ihre Hand ganz unförmig aus. Ich habe sie ihr heute Morgen verbunden, während Christophs Gäste ihre Isomatten einrollten und abreisten. Der Schnitt ist ein wenig geschwollen, die Fingerkuppe gerötet. Nichts Schlimmes, aber Mareile leidet.

Über dem Maritim-Hochhaus zieht sich der Himmel zusammen. Christoph läuft neben mir her und erinnert mich wieder an den Spatzen.

Es wird regnen, sagt er. Und wenn es erst mal regnet, dann regnet es auch die ganze Zeit. Das kann sich hier richtig einregnen.

Ich weiß das. Ich war als Kind oft mit meinen Eltern hier. Wir haben hier manchmal richtig gelebt. Wenn man so ein Ferienhaus hat, muss man es ja auch benutzen. Und jedes Mal hat es irgendwann richtig geregnet. Aber das stört einen dann gar nicht. Das ist man ja dann gewohnt, wenn man oft hier ist. Und man stellt sich einfach darauf ein.

Mareile beginnt zu laufen. Ein Socken fällt ihr aus der Hand.

Janusch, warte mal, ruft sie. Warte doch mal! Ich muss mit dir reden.

Man lebt mit dem Regen, sagt Christoph. Er hat sich die Kapuze tief ins Gesicht gezogen.

Man lebt einfach so weiter.

Dann sagt er nichts mehr. Mareile geht jetzt neben Janusch her. Ich hebe ihren Socken auf. Christoph greift nach meiner Hand, zieht sie an seinen Mund. Seine Lippen sind warm, seine Zungenspitze zwischen meinen Fingern stört mich. Ich schüttele den Sand von Mareiles Socken. Christoph lässt meine Hand abrupt fallen.

Janusch kneift Mareile in die Wange, und sie schüttelt den Kopf. Ich kann nicht verstehen, was sie sagt. Sie hält ihre rechte Hand wie ein Hündchen seine kranke Pfote.

Da drüben, sagt Christoph und deutet über den Strand hinweg zur Promenade. Da drüben kann man was Heißes trinken. Hast du Lust, was Heißes zu trinken?

Hier gibt es gar keine Muscheln, sage ich.

Doch, sagt er, aber die sind alle kaputt.

Er läuft über den Strand und die Treppe zur Promenade hoch. Oben beugt er sich über die rostige Brüstung und winkt mir zu. Ich winke zurück.

Ich wusste, dass Janusch Vater wird. Er rief mich an und fragte, ob ich mir ihn als Vater vorstellen könnte.

Ich sagte, ja. Ich hätte nicht ja sagen sollen.

Janusch hat seine Hand in Mareiles Nacken gelegt, und während er ihr irgendetwas erzählt, schiebt er seine Finger unter ihre alberne Wollmütze.

Ich dachte, Janusch interessiere sich nicht für die Mutter seines Kindes. Ich dachte, sie sei nur eine Frau, die zufällig ein Kind von ihm kriegt. Ein Kind, das auch meins sein könnte. Jetzt lebt Janusch schon sechs Wochen mit dieser Frau zusammen. An uns beiden ändert das nichts, hat er gesagt.

Schau mal, sagt Christoph. Ich zucke zusammen. Er gibt mir einen weißen Plastikbecher mit Glühwein und greift in die Tasche seines Anoraks.

Schau mal, sagt er, was ich für dich gefunden habe.

Ich nippe am Glühwein und verbrenne mir die Oberlippe. Auf Christophs ausgestreckter Hand liegt ein Seestern. Er ist hart, ein bisschen bröckelig. Danke, sage ich und nehme den Seestern zwischen Daumen und Zeigefinger.

Janusch ruft, aber Mareile, Liebste, wie kannst du so etwas sagen?

Wir fahren ins Restaurant Sierksdorfer Hof. In Travemünde kann man nur teuer und schlecht essen. Im Sierksdorfer Hof gibt es Strandsteak mit Bratkartoffeln für siebenundzwanzig Mark.

Christoph isst wie ein Kind, kaut, als müsste er jemandem beweisen, wie gut es ihm schmeckt. Er hat Recht gehabt mit dem Regen. Der Wind treibt die Tropfen über die Scheibe des Panoramafensters. Die Ostsee kommt in Bewegung. Janusch bestellt sein drittes Jever.

Wir sind der harte Kern, sagt Christoph.

Mareile legt ihren Arm um mich. Du trauriger Wurm, flüstert sie mir ins Ohr. Die Wolle ihres Pullovers kratzt mich im Nacken. Bist du sehr traurig?, fragt sie.

Ich sage, spinnst du? Und nimm deinen Arm weg.

Unbefriedigt, sagt Janusch. Ganz schön unbefriedigt.

Wer?, fragt Christoph und beißt auf die Gabel. Du oder Lila?

Wir, sagt Janusch und lächelt mich an. Ich lächele auch.

Mareile nimmt ihren Arm von mir weg und schneidet eine Pommes in drei gleich große Teile. Sie isst die Tomate und das schlaffe Salatblatt, die als Dekoration neben ihrem Steak liegen. Ich esse Mareiles Steak auch auf. Christoph sagt, ich könne mir noch ein Dessert bestellen. Er will den harten Kern heute einladen. Ich esse mit Himbeeren gefüllte Pfannkuchen. Die Beeren sind noch ein bisschen gefroren.

Jetzt hör auf zu fressen, sagt Mareile plötzlich.

Wenn ich nicht esse, muss ich rauchen, sage ich.

Dann rauch doch, sagt Christoph.

Du kannst keinen Hunger mehr haben, sagt Mareile. Wie viele Mägen hast du? Es ist ekelhaft, wie du das alles in dich reinstopfst.

Du bist ekelhaft, sage ich. Eine ekelhafte, dürre Ziege. Die sprang nur über Gräbelein und fraß kein einzig Gräselein. Mäh, mäh, mäh.

Mareile steht auf und schiebt ihren Stuhl mit einem Knall an den

Tisch. Dann nimmt sie ihren Mantel von der Garderobe, setzt sich vor dem in Messing gerahmten Spiegel die Wollmütze auf und verlässt das Restaurant. Wir sehen sie durch das Panoramafenster die Stufen zum Strand hinunterlaufen.

Janusch sagt, Lila, Lila, Lila.

Christoph sagt, iss doch deinen Pfannkuchen auf.

Entschuldigt mich, sage ich. Wir können sie nicht so einfach weglaufen lassen. Mareile kann ein ganz schöner Sturkopf sein.

Unter ihrer Wollmütze, sagt Janusch und bestellt noch ein Jever.

Am Ende kommt sie nicht mehr zurück, sage ich.

Dann hau doch ab, sagt Janusch lachend. Hau doch ab, Lila, Liebste.

Mareile sitzt in einem Café an der Strandpromenade. Nachdenklich kaut sie eine Zitronenscheibe aus. Das Wasser in ihrem Glas sprudelt nicht. Ich hasse stilles Mineralwasser. Mareile lächelt mich an. Entschuldigung wegen eben, sagt sie.

Die Neonröhre in der Kuchentheke flackert. Der Kuchen sieht blaß aus und alt.

Willst du wissen, was ich mit Janusch geredet habe?, fragt sie.

Nein, sage ich. Mareile frimelt an den Stoffnelken, die in einer Vase mit Goldrand auf dem Tisch stehen.

Ich habe das für dich getan, sagt sie. Ich wollte nur wissen, ob er dich liebt.

Lass mich in Ruhe mit Janusch, sage ich.

Als wir ins Ferienhaus zurückkommen, sind Janusch und Christoph noch nicht wieder da. Ich nehme den Seestern aus meiner Jackentasche und lege ihn auf die Heizung im Wohnzimmer.

Überall liegen Chipskrümel rum, Korken, Zigarettenschachteln und Flaschen. Die Gläser hat jemand auf dem Couchtisch zusammengestellt. In einigen schwimmen Zigarettenkippen in einem Rest Wein oder Sekt. Ich finde Januschs Wodkaflasche und halte sie gegen das Licht. Der Wodka sieht aus, als sei er noch in Ordnung. Mareile wickelt sich den Verband ab. Ich setze mich neben sie auf die Couch und nehme einen Schluck aus der Flasche. Aus dem Schnitt ist eine murmelgroße Blase gequollen. Die Fingerkuppe ist rot und blau verfärbt. Ich gehe in die Küche und koche Wasser ab.

Was machen wir jetzt?, fragt Mareile, als ich mit dem Topf Wasser und einem Messer zurück ins Wohnzimmer komme. Ich schiebe die Gläser zur Seite und stelle den Topf auf den Couchtisch.

Tunk deine Hand da rein, sage ich.

Mareile schüttelt den Kopf. Ich spritze Wodka auf Mareiles Hand, zur Desinfektion, und drücke an der Blase herum. Die Haut ist gespannt, doch sie reißt nicht.

Mir wird schlecht, sagt Mareile.

Ich nehme das Messer und drücke die Klinge vorsichtig auf die Blase. Mareile gibt einen merkwürdigen Laut von sich, ein Quieken. Sie schreit nicht.

Du bist tapfer, sage ich. Eine blutige Flüssigkeit quillt aus dem Schnitt, wie Eiter aus einem Pickel. Die Hautblase sackt zusammen. Ich tunke Mareiles Hand in den Topf. Das Wasser färbt sich dunkel.

Was zum Teufel? Janusch steht plötzlich neben mir. Er greift nach der Wodkaflasche und nimmt einen Schluck.

Komm mal her, Christoph, ruft Janusch. Guck dir an, was die Mädchen hier machen. Lilas Feldlazarett.

Christoph bleibt in der Wohnzimmertür stehen. Ich tupfe Mareiles Hand trocken. Aus der Wunde quellen Blut und winzige weiße Tröpfchen. Janusch gibt mir die Mullbinde. Ich werfe das Messer in den Topf.

Spinnst du, sagt Christoph. Das gibt eine Blutvergiftung.

Ach, was, sagt Janusch. Lila hat das schon richtig behandelt.

Ich wickele die Mullbinde um Mareiles Hand. Ihr Gesicht glänzt feucht. Sie hat die Unterlippe zwischen die Zähne gezogen und sieht mich nicht an. Christoph setzt sich in einen der Sessel und zieht die Knie unters Kinn.

Mareile, du bist ganz schön bescheuert, sagt er. An mir dürfte Lila nicht einfach rumschneiden.

Lila ist geil, sagt Janusch. So was hätte ich ihr gar nicht zugetraut.

Ich trage den Topf ins Badezimmer und schütte ihn in die Toilette aus. Das Messer fällt in den Abfluß. Ich habe keine Lust, es wieder herauszuholen.

Als ich ins Wohnzimmer zurückkomme, zieht Janusch Mareile vom Sofa hoch.

Komm, sagt er, ich bring dich zu Bett, kranke Maus.

Christoph räumt die leeren Weinflaschen in einen Plastikkorb. Ich höre, wie die Kinderzimmertür ins Schloss fällt.

Die bist du los, sagt Christoph. Jetzt wird Mareile sich nicht mehr wehren können.

Sehr lustig, sage ich und strecke mich auf der Couch aus. Christoph stellt den Korb auf die Terrasse.

Da kann man dran sterben, sagt er und setzt sich zu mir.

Woran?, frage ich. Am Sex?

An vergiftetem Blut, sagt Christoph.

Meinst du, er schläft jetzt mit ihr?, frage ich, drehe mich auf den Bauch und drücke mein Gesicht ins lederne Sitzpolster.

Er krault ihr bestimmt nicht den Nacken, sagt Christoph und streicht mir übers Haar. Ich drehe mich wieder auf den Rücken und sehe ihn an.

Christoph küsst hektisch, leckt mir über den Hals, bohrt mir seine Zungenspitze ins Ohr. Lila, sagt er. Lila, Lila, komm her. Komm zu mir.

Er zieht mir nicht mal richtig die Hose runter, sie bleibt unter den Knien hängen, und ich mache auch keine Anstalten, sie mir abzustreifen. Ihn ziehe ich ganz aus. Er hält meine Finger mit einer Hand umklammert, so knöpfen wir sein Hemd auf. Wenn ich mit einem anderen Mann als Janusch zusammen bin, komme ich mir wie ein misshandeltes Tier vor. Dann ist Janusch meine Geschichte. Weil er mich nicht liebt, will ich keinen anderen lieben. Ich möchte Christoph von mir runterschieben und sagen, es gibt mich nicht, du kannst nicht mit mir schlafen.

Aber er liegt auf mir, saugt sich an meinem Hals fest, dass es wehtut, und flüstert, man muss sich im Leben bewähren. Man muss sich im Leben bewähren.

Ich weiß, er will eine Spur hinterlassen. Er will, dass etwas von ihm übrig bleibt in meiner Geschichte. Als er kommt, muss ich an Mareiles Eiterblase denken und dass ich das Dreckszeug jetzt in mir habe und mein Blut vergiftet wird. Christophs Wange klebt heiß an meinem Gesicht. Ich sage, wir könnten heiraten.

Er lacht keuchend und sagt, ich liebe dich auch, Lila.

Ich ziehe mir die Hose wieder hoch und knöpfe meine Bluse zu. Ich sage, Lila hat mich ein anderer genannt. Du bist der zweite Liebhaber in meinem Leben.

Im Kinderzimmer ist es still. Vorsichtig drücke ich die Tür auf. Janusch sitzt mit geschlossenen Augen am Bettende und hält Mareile, die zwischen seinen gespreizten Beinen sitzt, als hätte er sie gerade irgendwie geboren.

Ich glaube, es geht ihr nicht gut, sagt Janusch. Mareile lässt sich ohne Widerstand von ihm auf die Seite legen. Sie drückt sich die verbundene Hand an die Brust. Der Mull ist vom Blut durchweicht.

Sie hat Schmerzen, sagt Janusch.

Wie schade, sage ich. Er streckt seine Hand nach mir aus, dann lässt er sie sinken und geht. Ich packe Mareile an den Schultern und setze sie auf. Sie ist sehr leicht. Ich kann ihren Arm mit einer Hand umfassen. Unter der kratzigen Wolle ihres Pullovers fühlt sich die Armbeuge hart an, als sei da ein Klumpen unter der Haut. Ich versuche den Verband abzuwickeln. Er klebt an der Haut, und Mareile verzieht das Gesicht so, dass ich es lasse.

Ich bring dich ins Krankenhaus, sage ich. Mareile schüttelt den Kopf.

Da kannst du dran sterben, sage ich.

Und wenn schon, sagt sie und rollt sich auf dem Bett zusammen. Und wenn schon.

Christoph hat sich nicht wieder angezogen. Er sitzt nackt auf der Couch. Ist mit Mareile alles in Ordnung?, fragt er.

Ich werfe ihm sein Hemd in den Schoß. Klar, sage ich und setze mich in den Sessel.

Das ist doch ein Lebewesen, sagt Janusch. Ich drehe mich nach ihm um. Er hockt vor dem Heizkörper und befühlt den Seestern. Christoph zieht sich sein Hemd über. Ich kann riechen, dass wir miteinander geschlafen haben.

Wer hat das Ding auf die Heizung gelegt?, fragt Janusch und hält uns den Seestern hin.

Das Ding ist tot, sage ich.

Natürlich ist es tot, sagt er. Es hat auf der Heizung gelegen. War das eine deiner Ideen, Lila?

Bist du besoffen oder was?, schreit Christoph plötzlich. Das Ding ist tot!

Arschloch, sagt Janusch.

Das war schon tot, als ich es gekauft habe, schreit Christoph. Das hing in so einem kleinen grünen Netz in einem Laden, in dem lauter kleine, grüne Netze mit lauter toten Seesternen und Muscheln hingen. Verstehst du, Janusch? Verstehst du?

Arschlöcher, sagt Janusch. Ihr seid alle Arschlöcher.

Ich rufe ein Taxi und gehe zurück zu Mareile. Sie steht sofort auf, als ich ins Zimmer komme. Ich stopfe meine Sachen in die Reisetasche.

Nimmst du meinen Koffer auch mit?, fragt Mareile. Ich trage ihren Koffer in der einen, meine Tasche in der anderen Hand.

Christoph räumt Müll in eine Plastiktüte, als wir durchs Wohnzimmer gehen. Blutvergiftung, sagt er und schmeißt die Tüte aufs Sofa. Ich hab es gewusst.

Und wenn schon, sagt Mareile. Vor dem Haus hupt das Taxi.

Janusch hat den Seestern in eine Glasvase gelegt und hält sie auf dem Schoß mit den Armen umschlungen. Der Seestern schwimmt obenauf.

Haut doch ab, sagt Janusch. Haut doch einfach ab.

Silberfaden

Wir hatten sehr viel Zeit und sehr viel Strand. Der Atlantik war ein Silberfaden zwischen Norden und Süden. Im Süden steht die amerikanische Flagge auf einer Sandzunge. Wir schauten zu ihr auf und rauchten Zigaretten. Kate sagte, wir lieben dieses Land. Ich sagte, ich liebe dich.

Sie drückte mein Gesicht in den Sand, stützte sich mit ihrem ganzen Gewicht auf meinen Hinterkopf.

Im Norden liegt Sandy Hook. Von dort aus kann man neuerdings mit der Fähre nach New York übersetzen.

Ich wollte nach Norden und weg vom Meer. Ich wollte mit Kate nach New York.

Im Sommer kommen die Leute nach Stone Bay. Sie möchten bleiben, kaufen Häuser, schicken Postkarten und bauen Swimmingpools, weil ihnen der Atlantik zu kalt ist. Sie haben ihre eigenen Restaurants und Bars, die nur während der Saison geöffnet sind.

Ich hatte nach der High School zwei Jahre in ›Pats Hütte‹ bedient, dem ältesten Restaurant im Ort und dem einzigen, das ganzjährig geöffnet hat. Aber Pat war alt und verstand nicht, dass die Touristen ihr Essen lieber schnell als frisch zubereitet haben wollten. Ich fand einen Job im Seven Eleven, einem kleinen Supermarkt am Strand. Der Verkaufsraum roch nach feuchtem Stroh und dem Gummi der bunten Schwimmreifen und Wasserbälle. Ich füllte Kaffee in Styroporbecher, drückte Plastikdeckel darauf und sagte, Vorsicht, der Kaffee ist heiß.

Kate sagte, hältst du mich für blöd?

Der Kaffee ist heiß, sagte ich wieder, ich muß dich darauf hinweisen.

Kate beugte sich über die Kasse und schlug mir mit der flachen Hand gegen die Stirn. Hallo, sagte sie, aufwachen.

Sie war aus New York gekommen, zusammen mit Lane. Das war sehr früh im Jahr, die Saison hatte gerade erst begonnen, und ich hatte Zeit, Kate auf dem Supermarktparkplatz zu beobachten. Sie hatte einen rasierten Kopf und ein weißes Pflaster auf dem Bauchnabel. Das konnte ich sehen, wenn sie die Arme im Nacken verschränkte, wenn ihr T-Shirt hochrutschte und über den Brüsten spannte. Manchmal lag sie auf der Rollstuhlrampe in der Sonne, um sie herum hockten Jungs, zündeten ihr Zigaretten an und fütterten sie mit Erdnussflips. Lane lehnte abseits von ihnen an dem roten Ford mit New Yorker Kennzeichen. Er zog seine Wangen zwischen die Zähne, kaute darauf herum. Seine T-Shirts waren unter den Armen und auf der Brust vom Schweiß immer dunkel verfärbt. Ihm gefiel Stone Bay nicht.

Wenn ich gewusst hätte, dass Kate Stone Bay meinte, als sie vom Meer sprach, hatte er einmal gesagt, wäre ich in New York geblieben.

Der Besitzer des Supermarkts sagte zu mir, Stone Bay ist ein Skelett und die Touristen sind das Fleisch. Wir sind starr, sie sind flüssig.

Ich wusste nicht, was an flüssig gut sein sollte, und war lieber ein glatter, weißer Knochen als Fleisch. Ich mochte den Besitzer des Supermarkts. Sonntags saßen wir in der Kirche nebeneinander. Er mochte mich, weil ich zuverlässig war und fleißig, und ich sagte ihm nicht, dass Kate Fireball-Bonbons und Feuerzeuge klaute.

Sie kam zu mir herein und mit ihr der sandige, warme Geruch eines Parfums. Sie drückte die Schultern nach hinten und spreizte die Finger auf ihrem Bauch. Ich füllte Kaffee in einen Styroporbecher.

Er ist heiß, sagte Kate, ich habe verstanden.

Ich lächelte, und sie tippte sich mit der Zungenspitze an die Oberlippe.

Dein Parfum, sagte ich. Gehört meiner Mutter, sagte sie.

Ist sie auch hier, fragte ich, macht ihr Urlaub zusammen, und drückte den Plastikdeckel auf den Becher. Kate steckte ein Feuerzeug mit dem Schriftzug ›I love Stone Bay‹ in die Tasche ihrer ausgebeulten Jeans. Ich sah sie an, schob den Becher über den Tresen. Meine Mutter hat sich, sagte Kate und warf den Kopf in den Nacken. Tot.

Nach der Arbeit traf ich mich mit Kate am Strand. Lane war in ein Kasino nach Atlantic City gefahren. Kate wollte sich an einem Fallschirm von einem Motorboot über das Wasser ziehen lassen. Wir saßen hintereinander in den Gurten, das Boot beschleunigte und wir wurden in die Höhe gezogen, als hätten wir kein Gewicht. Kate klammerte sich an mich und schrie, ich habe Höhenangst, mir ist kalt, ich will wieder runter.

Ich machte dem Mann auf dem Boot ein Zeichen, dass alles in Ordnung war. Kate lachte. Es ist so still hier, schrie sie, wusstest du, dass es hier oben so still ist?

Ich stellte mir vor, das Boot würde uns bis nach New York ziehen. Aber nach wenigen Minuten wurde es langsamer, meine Füße berührten das Wasser, Kate zog kreischend die Beine an, dann waren wir schon wieder auf dem Boot. Kate glaubte mir nicht, dass ich das noch nie vorher gemacht hatte.

Und was ist mit Wasserski?, fragte sie. Ich schüttelte den Kopf. Sie lud mich ein, mit ihr Wasserski zu fahren. Das konnte sie ziemlich gut. Ich hielt mich nicht länger als drei Sekunden aufrecht.

Lane fuhr immer öfter nach Atlantic City, manchmal übernachtete er dort auch. Wenn er Geld gewann, kaufte er Kate Kleider, Schuhe und Unterwäsche, die sie mir lachend zeigte und nicht anziehen wollte. Ich ging mit ihr in die Touristenbars, in denen ich vorher nie gewesen war. Wir tranken Bier und rauchten. Sie fragte mich aus über meine Familie und das letzte große Unwetter, das den Ort verwüstet hatte und nach dem wir zwei Tage lang ohne Strom und Telefonverbindung gewesen waren.

Von sich oder von New York wollte Kate nichts erzählen.

Lenk mich nicht ab, sagte sie. Ich möchte nur hier sein und will an nichts anderes denken.

Sie fragte mich nach einer Imbissbude, wo sie einmal gut gegessen hatte und die sie jetzt nicht mehr fand.

Ich sagte, es gibt keine Imbissbuden in Stone Bay.

Doch, sagte Kate, sie gehört einem älteren Ehepaar. Die kochen da selbst, Fischsuppe und Nudeln mit Krabbensoße.

Ich starrte sie an. Meinst du ›Pats Hütte‹?

Sie lachte. Ja, genau.

Das ist keine Imbissbude, sondern ein Restaurant, sagte ich. Und Pat arbeitet da allein. Seine Frau ist vor Jahren gestorben.

Das tut mir Leid, sagte Kate.

Warum?, fragte ich. Hast du sie gekannt?

Kannst du mich da hinbringen?, fragte sie.

Kate fotografierte den leeren, geschotterten Parkplatz vor ›Pats Hütte‹, die handbemalten Werbetafeln und den Neonhummer, der auf dem Flachdach blinkte.

Pat stand hinter der Theke und sagte zu mir, ich hoffe, du glaubst nicht, hier gäbe es was umsonst, nur weil du mal für mich bedient hast.

Du hast hier gearbeitet?, fragte Kate.

Sie war gar nicht schlecht, sagte Pat. Ich habe sie an die Straße gestellt, dann hielt hier ein Auto nach dem anderen.

Kate schaute mich an. Ich schüttelte den Kopf. Wir setzten uns an die Theke. Die Fenster waren aufgeschoben, der Ventilator drehte sich schnell. Pat zog sich Ärmelschoner aus Plastik über die nackten Arme und setzte sich eine Papiermütze auf den Kopf.

Ich mache euch Krabbensuppe, sagte er, die ist ganz frisch, und dazu einen Salat und Käseravioli. Ihr habt doch Zeit?

Er stellte den Gasherd an.

Wir haben sehr viel Zeit, sagte Kate.

Anfang August war Stone Bay von heißer, feuchter Luft eingeschlossen. Im Gemeindesaal sollte ein Ball stattfinden. Kate hatte ein Plakat, auf dem der Ball angekündigt wurde, von der Wand gerissen und mir in den Supermarkt gebracht. Sie war ganz aufgeregt, und ich wollte ihr den Spaß nicht verderben. Aber für mich gab es keinen Grund zu feiern. Im August beauftragen die Leute einen Wachdienst für ihre Häuser, verstauen Luftmatratzen und Gartenmöbel, füllen Sand in Flaschen und nehmen ihn mit. Ich stelle mir immer vor, sie schließen den Sommer weg in ihren Häusern. Die Geschäfte machen zu, die Kirchen, die Cafés, und nur ›Pats Hütte‹ bleibt geöffnet und der Supermarkt Seven Eleven.

Kate steckte sich ein Fireball Bonbon in den Mund und faltete das Plakat zusammen. Lane wollte zurück nach New York. Er hatte im Kasino eine Menge Geld verloren.

Bis zum Ball muss er bleiben, sagte Kate. Sie zerbiss das Bonbon und machte ein Geräusch, als würde sie Feuer speien.

Wie du die essen kannst, sagte ich.

Kate kaute das Bonbon und sah mich nicht an. Ich brauche noch etwas Zeit, sagte sie.

Wofür?, fragte ich.

Ich muss noch in Stone Bay bleiben, sagte sie und zupfte an dem silbernen Ring in ihrem Bauchnabel.

Es gab nichts, worauf wir zulaufen konnten, kein hohes Gebäude, keinen Wasserturm, keine Kirche. Es waren immer die gleichen, zweistöckigen Holzhäuser, von denen sich weiße Farbe schälte, Strom- und Telefonmasten, verbranntes Gras in den Vorgärten. Hier wohnten keine Touristen.

Ich glaube, sagte Kate, der Asphalt bewegt sich, fließt uns entgegen, und wir kommen überhaupt nicht voran.

Wir sind gleich da, sagte ich.

Sie umfasste meinen Arm. Was ist?, fragte ich, sah mich nach ihr um, ohne stehen zu bleiben. Ich fürchtete, sie könnte es sich anders überlegen, doch nicht mit zu mir kommen. Sie hatte große, sehr weiße Zähne. Das war ungewöhnlich. Ich dachte an meine Zähne und presste die Lippen fest aufeinander. Von Kates Oberlippe perlte Schweiß. Sie sagte, in New York kommt die Hitze aus Belüftungsschächten, und alles ist in Bewegung und bewegt einen mit. Wenn man nicht weiterweiß, wird man einfach vorwärts geschoben.

Ich sagte, du kannst ins Meer gehen. Das bewegt dich. Und wenn du die Luft anhältst und dich auf den Rücken legst, trägt es dich sogar einen Moment lang.

Der Atlantik ist unruhig und kalt, sagte Kate. Man darf nur bis zu den Knien ins Wasser. So kann man nicht schwimmen. Die Lifeguards pfeifen einen zurück, und wenn man sie ignoriert, kriegt man Strandverbot.

Ich sagte, die Lifeguards verschwinden mit den Touristen.

Unser Haus war türkis gestrichen. Meine Mutter und Großmutter wohnten im Erdgeschoss. Ich wusste, dass sie in der düsteren Küche saßen, wo sie Leuchttürme modellierten und Stone-Bay-Aschenbecher für die nächste Saison.

An der rechten Hauswand führte eine steile Holztreppe unter das mit Teerpappe gedeckte Dach. Ich sagte, dort oben wohne ich. Da kannst du bleiben, wenn Lane nach New York zurückfährt.

Ich nahm Kate an die Hand und zog sie die Treppe hoch. Keine Angst, sagte ich. Das Haus hat schon einen Orkan überstanden.

Einen Orkan, sagte Kate und setzte sich auf eine Treppenstufe. Ja, sagte ich, nur ans Geländer darfst du dich nicht lehnen. Das ist morsch.

Sie lachte. Ich stand über ihr, hielt ihre Hand. Warum lachst du?, fragte ich. Ihr Arm war lang und dünn. Durch ihr feines Haar schien rot die Kopfhaut.

Kate sagte, kommst du mit nach New York.

Ich setzte mich hinter sie, schob meine Füße unter ihren Schenkel. Wir schauten über die schwarzen Dächer. Manchmal wurde die Sonne von einem Fenster reflektiert. Ausgebleichte Handtücher hingen wie Fahnen an den Wäscheleinen. Kommst du mit, sagte Kate und zog meinen Kopf an ihre Schulter.

Der Stoff war so dünn und hell, dass ich dachte, er sei durchsichtig. Die Träger waren rot, karminrot und schmal, wie das bestickte Band unter ihren Brüsten, wie die Schuhe, die ihrer Mutter gehört hatten. Kate kaufte das Kleid.

Wir trugen es in einer Tüte ans Meer, saßen auf unserem Stück Strand hinter dem Supermarkt Seven Eleven. Auf den Parkplatz fiel das Neonlicht wie eingezäunt.

Kate sagte, wir müssen etwas machen mit dieser Nacht und mit Samstag und Sonntag. Es ist die einzige Zeit, die wir haben.

Ich verstand sie nicht. Ich hörte das Meer und die Klimaanlage des Supermarkts, manchmal einen Fetzen Musik, Türenschlagen und das reibende Geräusch von Autoreifen auf sandigem Asphalt. Kate saß neben mir, die langen Beine übereinander geschlagen, eine Hand in den Sand gestützt, mit der anderen streichelte sie die Plastiktüte. Ich sah Kates weißes Gesicht, ihr feines, blondes Haar, den Brillantsplitter in ihrem rechten Ohrläppchen.

Du bist schön, sagte ich. Sie lachte durch geschlossene Lippen.

Der Besitzer des Seven Eleven kündigte mir. Du hast gewusst, dass sie klaut, sagte er. Ich dachte, ich kann dir vertrauen.

Ich bot ihm an, die Bonbons und Feuerzeuge von meinem Gehalt zu bezahlen, aber er lehnte ab. Er sagte, ich könne ihm dankbar sein, dass er keine Anzeige erstatte, aber ich wusste, die Saison war vorbei, und er brauchte mich nicht länger. In der Kirche saß er nicht mehr neben mir. Meine Mutter schämte sich und meine Großmutter auch. Ich nahm das Kreuz von der Wand über meinem Bett. Wenn ich schlief, dachte ich an Kate.

Die Häuser an der Hauptstraße waren mit Lichterketten und Flaggen geschmückt. Kate stand am Fenster des Gemeindesaals, schaute hinaus und rieb sich ihr Kleid über den Hüften knitterig. Es waren fast nur Leute aus Stone Bay da, kaum noch Touristen. Lane tanzte mit mir. Ich sah seine Schulter, Kates Rücken und andere Schultern und Rücken und hochgestecktes Haar. Ich versuchte, die Musik zu hören, den Rhythmus, fühlte mich taub. Kates Rücken war sehr lang und weiß. Auf das rechte Schulterblatt hatte sie sich ein chinesisches Schriftzeichen tätowieren lassen. Es sollte Weiblichkeit heißen oder Freiheit. Ich glaube, es hieß gar nichts, und der Tätowierer hatte keine Ahnung gehabt von Chinesisch.

Ich stolperte und stieß mit dem Kinn gegen Lanes Schulter.

Scheiße, sagte er, scheiß Party hier. Ich brauche jetzt eine Zigarette, und was ist eigentlich mit Kate los?

Ich tanzte weiter, wollte ihm nicht zuhören. Lane sagte, Kate spielt auch nur noch in ihrem eigenen Film.

Meine Schuhe drückten, und Lanes Hand fühlte sich feucht an durch den Stoff meines Kleides. Ich zog ihn von der Tanzfläche. Er ließ sich ziehen. Der Saal war groß und klimatisiert, Haarspray und Rasierwasserwind. Ich dachte, ich sehe so lächerlich aus. Ich werde den Strand, die Straßen, Stone Bay verlassen, in unbequemen Schuhen und mit Blumen ums Handgelenk. Heute Nacht wird Kate mich mit nach New York nehmen.

Eine Frau kam auf Lane zu, drängte sich zwischen Leuten und rot, weiß, blau dekorierten Tischen hindurch. Eine kleine, hektische Frau, deren Brüste gepudert aus einem Rüschenausschnitt quollen. Lane fasste der Frau ins Haar, nahm ihre Wange zwischen Daumen und Zeigefinger, biss in den Fettwulst. Marcy, sagte er, und die Frau lachte hell. Ich sagte, kommst du, Lane?

Er sah mich nicht einmal an. Ich ging weiter, hatte Watte unter der Haut. Die Musik wurde viel zu schnell abgespielt, die Stimme der Sängerin klang verzerrt. Mir rann Schweiß über den Rücken, langsam und kalt die Wirbelsäule entlang. Und, sagte ich, was machen wir jetzt?

Kate roch nach dem Parfum ihrer Mutter. Ich wollte wissen, warum sie sich umgebracht hatte. Ich fragte nicht. Ich legte meine Hand auf Kates Schulter. Unsere Gesichter spiegelten sich in der Scheibe. Auf der Hauptstraße gingen die Lichterketten alle auf einmal aus. Und, sagte ich, was passiert jetzt?

Kate hatte den Sitz so weit es ging nach vorn geschoben und die Arme auf dem Lenkrad verschränkt. Das Auto rollte fast lautlos die Straße entlang. Das Scheinwerferlicht streifte Vorgärten, Gras, dicht bepflanzte Beete, einmal eine große Menge Orchideen. Was ist mit Lane?, fragte ich. Kate zog Spucke durch ihre Vorderzähne, drehte die Klimaanlage auf.

Ich zog die Beine an, betastete meine Füße. Sie waren feucht und heiß. Meine Schuhe lagen in Zeitung gewickelt im Kofferraum. Ich hatte sie wegschmeißen wollen, aber Kate sagte, sie sind ein Andenken. Und Andenken kann man manchmal gut gebrauchen.

Du willst mich nicht mitnehmen, sagte ich. Du nimmst mich nicht mit.

Doch, sagte Kate. Denkst du, ich lasse dich hier.

Plötzlich machte der Wagen einen Satz, der Motor ging aus. Kate riss die Tür auf und lief auf ein Haus zu. Entlang der Auffahrt schalteten sich messingfarbene Laternen ein. Ich stieg aus, ging langsam hinter Kate her. Das Gras fühlte sich an wie Plastik, dicht und hart unter meinen Fußsohlen. Im Licht der Laternen schwirrten Moskitos.

Hier, sagte Kate, hier habe ich gewohnt.

Das Haus hatte bunt verglaste Fenster und eine von Säulen getragene Veranda. Das ist mein Haus, sagte Kate.

Ich betrachtete die dunklen Flügel der Haustür und den goldenen Türknauf. Hier?, fragte ich. In Stone Bay?

Kate zündete sich eine Zigarette an. Das Geräusch des Feuerzeugs kam mir sehr laut vor. Es war das ›I love Stone Bay‹-Feuerzeug.

Im Sommer, sagte Kate, hat Vater uns hierher gebracht, meine Mutter und mich. Er kam jedes Wochenende. Wir waren froh, wenn er wieder wegfuhr.

Und weiter?, fragte ich. Nichts weiter, sagte sie.

Lane hatte sich nicht umgezogen. Er hockte im fleckigen weißen Hemd und staubigen Hosen vor dem Seven Eleven.

Was will die hier?, fragte er. Sein Kopf zuckte in meine Richtung.

Kate ging vor ihm in die Hocke und legte ihre Hände auf seine Wangen. Vergiß es, sagte Lane. Wir nehmen die nicht mit.

Ich starrte an den beiden vorbei in den kleinen Verkaufsraum. Über jedem Regal hing eine Neonröhre. Klare weiße Linien. Keine Schwimmreifen mehr.

Es würde regnen und danach noch bis Oktober warm bleiben. Die Quallen würden sterben oder sich vom Strand zurückziehen. Sterben die Quallen? Der Strand würde weiß und feucht sein, voller Muscheln und Möwen.

Es ist mein Auto, sagte Kate. Lane packte sie an den Schultern und stieß sie von sich weg. Nein, brüllte er, kapierst du? Nein!

Kate stolperte, stürzte. Ihre Hand rieb über den Asphalt.

Ich wollte sagen, du musst mich nicht mitnehmen, ich brauche nicht mitzukommen. Ich bewegte meine Lippen, brachte keinen Ton hervor.

Kauf uns was zu essen, hörte ich Kate sagen. Im Handschuhfach liegt meine Kreditkarte.

Ich kaufte ein paar Tüten Chips und Zigaretten. Der Besitzer des Supermarkts stand an der Kasse und tat, als würde er mich nicht kennen. Er ließ sich meinen Ausweis geben, musterte mich, mein schwarzes Glitzerkleid und die nackten Füße. Er sagte, bist du nicht zu jung, um zu sterben?

Ich starrte in sein weißes Gesicht. So weiß, als habe er die Sonne nie gesehen, als sei er nie rausgekommen aus dem kleinen Verkaufsraum, der immer noch ein wenig nach Gummi und nun streng nach fauligem Stroh roch. Ich dachte, der Mann bleibt Skelett, und ich bin Fleisch geworden. Ich grinste. Er zog die Chipstüten über den Scanner.

Ich meine die Zigaretten, sagte er. Meine Mutter ist an diesen verdammten Krebsstäbchen erstickt.

Ja, sagte ich, das ist eine gute Idee. Ich habe gehört, wenn man den Tabak ißt, stirbt man noch schneller.

Der Mann gab mir meinen Ausweis zurück und schnippte mir das Zigarettenpäckchen zu. Er sagte, ich kann mir was Schöneres vorstellen.

Sie lagen auf der Kühlerhaube des Autos und lachten. Lane hatte seine Arme im Nacken verschränkt. Seine Haut war so weiß wie Kates Rücken, aber er hatte dunkles Haar und viele Härchen auf den Unterarmen.

Warum lacht ihr?, fragte ich und schmiss die Chips ins Auto. Lane drehte sein Gesicht von mir weg. Kate sagte, nichts, es gibt nichts zu lachen.

Lane zog sie plötzlich an sich, drückte ihren Kopf zurück und leckte über ihren Hals. Sie griff ihm ins Haar, lag auf ihm. Ich dachte, sie sieht aus wie ein Fisch. Ich konnte den Atlantik hören. Ich wollte nach Norden. Ich wollte mit Kate nach New York.

Die Brücke zum Festland ragte wie ein stählerner Walrücken aus dem flachen Land. Gleich hinter der Brücke reihten sich Tankstellen, Autohändler und Spirituosenläden aneinander. Die Klimaanlage blies kalte Luft auf meine verschwitzte Haut. Immer wieder tauchten Wohnwagensiedlungen und heruntergekommene, einstöckige Häuser aus der Dunkelheit auf.

Lane roch nach Schweiß und Aftershave. Die Adern auf seinen Unterarmen waren geschwollen. Er sagte kein Wort, gab Kate nur manchmal mit einer Kopfbewegung zu verstehen, dass sie ihm eine Zigarette anzünden solle. Wir überholten Lastwagen und manchmal voll gepackte Kombis, deren Rücklichter über die Straße zu schleifen schienen. Lane schaute sich nicht um, wenn er die Spur wechselte, benutzte die Seitenspiegel nicht. Manchmal stellte er einen neuen Sender im Radio ein.

Morgens hielten wir an einer Bretterbude und kauften Milch, Kürbiskuchen und eine Wassermelone. Kate musste sich übergeben, kniete zitternd am Straßengraben und krallte ihre Finger ins gelbe Gras. Lane zog ihr sein Jackett an und trug sie ins Auto. Am liebsten hätte er mich an der Bretterbude stehen lassen. Das war mir egal. Ich stopfte mir ein Stück Kuchen in den Mund, er war warm und süß.

Du bist ekelhaft, sagte Lane. Du stinkst nach Schweiß, sagte ich, griff in den Kuchen, ließ ihn zwischen meinen Fingern hervorquellen und leckte sie ab.

Ich stand siebzehn Stockwerke über der Stadt. Das Zimmer war rot und viereckig. Neben der Kochnische stand das Bett. An einem der Fenster war die Klimaanlage befestigt. Kondenswasser rann an der Scheibe herunter und tropfte von der Fensterbank. Du mußt ›Feuer‹ schreien, wenn du Hilfe brauchst, hatte Kate gesagt. Das ist wichtig.

Ich konnte sie noch riechen, ihren Atem und den sandigen Geruch ihres Parfums. Wir hatten zu dritt in dem Bett geschlafen, das Kate französisch nannte. Kate hatte im Schlaf geredet und mir einmal ins Gesicht geschlagen. Ich sagte, Kate, und als sie zu weinen begann, sagte ich noch einmal, Kate? Davon war sie aufgewacht, hatte ihre Fingerspitzen auf meine Wange gelegt und mich angestarrt. Ihre Augenlider waren zu zwei dicken, roten Wülsten geschwollen gewesen. Du darfst nie um Hilfe rufen, hatte sie geflüstert, niemand wird dir helfen. Du mußt ›Feuer‹ schreien.

Auf dem Fernseher standen eine Whiskyflasche und zwei schwere Gläser. Meine Füße versanken bis zu den Knöcheln im Teppichboden. Morgens hatte Lane einen Schluck Whisky direkt aus der Flasche genommen. Dann hatte er Kate beide Hände auf die Schultern gelegt und sie aus der Wohnung geschoben.

Die Fenster ließen sich nicht öffnen. Die Scheiben waren dunkel getönt. Ich sah in die Büroräume eines anderen Hochhauses und viele Spiegelglasscheiben und Leuchtreklamen. Wenn ich ganz dicht ans Fenster ging, spürte ich, dass es draußen sehr warm war.

Kate kam nicht wieder. Lane sagte, du packst dein Zeug zusammen und nimmst den Greyhound zurück an die Küste.

Er wollte mir Geld geben. Ich sagte, ich brauche dein Geld nicht. Er sagte, es ist von Kate.

Ich schaute Lane nicht an. Ich glaubte ihm nicht. Er drückte mir zwei Scheine in die Hand und das ›I love Stone Bay‹-Feuerzeug. Ich dachte an Pat und dass ich vielleicht wieder bei ihm arbeiten konnte, dass wir an der Theke sitzen und die Krabbensuppe selbst essen würden, bevor sie verdarb.

Come on baby let's get out of this town
I got a full tank of gas with the top rolled down
There's a chill in my bones
I don't want to be left alone
So baby you can sleep while I drive

Melissa Etheridge

Ostwärts

Die Stadt hatte einen eigenartigen Geruch. Sie roch nach feuchten Mauern und Moos, nach Daunendecken und Vaters Zigarillos. In meiner Erinnerung. Ich schloß die Augen und dachte mich ostwärts.

Im Dezember hatte ich Miriam zum ersten Mal gesehen. Ich stand vor dem Campus-Reisebüro. Im Fenster hingen handgeschriebene Plakate mit Busfahrten nach Berlin, Prag und Krakau. Ich vermutete, dass mein Vater in Krakau war, und wollte über Weihnachten dorthin fahren.

Miriam trug einen Armeeanorak mit Kapuze und zog einen Koffer hinter sich her. Der Koffer kippte zur Seite, sie hatte Mühe, ihn wieder aufzustellen. Dann zog sie ihn unter das Wellblechvordach des Hörsaalgebäudes. Auf dem Koffer klebte ein weißer, länglicher Sticker mit der Aufschrift ›Ich liebe Berlin‹. Das fand ich albern. Ich dachte, Berlin ist eine besondere Stadt, aber von Liebe kann man nicht sprechen. Es fing an zu regnen. Miriam schaute zu mir herüber. Einen Augenblick lang sah es so aus, als wollte sie mich etwas fragen. Ich notierte mir schnell den Preis der Busfahrt in meinem Kalender und fuhr nach Hause.

Heiligabend ging ich in die Kirche und telefonierte mit meiner Mutter. Ich hatte nicht genug Geld, um nach Krakau zu fahren, und in Mutters Wohnung war kein Platz mehr für mich. Sie hatte einen neuen Freund, und ich mochte nicht, dass sie von Vater sprach wie von einem Toten.

An meinem Balkongitter blinkte die weiße Lichterkette, und auf den Rangiergleisen hinter dem Haus standen die Waggons wie eine provisorische Wohnsiedlung. Sylvester fiel Schnee, ein Ende des Winters war nicht abzusehen.

Ich war froh, als das Semester weiterging. Ich fuhr an die Universität, die Scheiben der Straßenbahn waren beschlagen, und vor dem Hörsaalgebäude war der Schnee zu klumpigen Haufen zusammengeräumt.

Ich ging die Treppe hoch zum großen Hörsaal, mein Mantel war nass, und der Schal juckte im Nacken. Mir strömten Leute entgegen, laut, lachend, manche hatten die Zigarette schon zwischen den Lippen. Vermutlich war eine Vorlesung gerade zu Ende. Philosophie, dachte ich, oder Politikwissenschaft. Hinter einem Mann, die Hand auf seiner Schulter, kam Miriam die Treppe herunter. Sie trug diesen Anorak, darunter einen roten Rollkragenpullover. Sie schaute mich an, ließ den Mann los, blieb stehen, und Leute drängten an ihr vorbei. Sie sagte, hallo. Und dann noch einmal, lauter, in einem merkwürdigen, vielleicht fragenden Tonfall, hallo?

Ich ging an ihr vorbei, konnte mir nicht vorstellen, dass sie mich meinte. Aber nachmittags grüßte sie wieder, und ich nickte ihr zu.

Miriam hatte kräftige Schultern und kurzes schwarzes Haar, im Nacken rasiert. Sie trug knielange Röcke aus dünnem, bunt bedrucktem Stoff, und unter dem Anorak rote T-Shirts, rote Rollkragenpullover, rote Hemdchen, meistens bauchfrei.

Sie sagte immer, hallo, wie geht's?, oder: alles klar? Sagte das zu vielen Leuten, und manche küßte sie auf die Wange. Mir fiel auf, dass sie nie Bücher bei sich hatte, keinen Notizblock, keine Tasche. Aber im Bund ihres Rocks steckte oft eine Geldbörse, und manchmal hatte sie eine Zigarettenpackung in der Hand, die blauen Gauloises oder Marlboro Menthol.

Ich sah sie im Eckcafé sitzen und in der Mensa. Sie war nie allein, und abends wurde sie abgeholt, trat ihre Zigarette aus und stieg in einen roten Peugeot.

Zwischen all den Studenten war sie eigentlich nichts Besonderes, aber wenn wir aneinander vorbeigingen, schaute sie mich an, lächelte und winkte mir sogar zu.

Ich schrieb meinem Vater von ihr. Schrieb, dass ich jemanden kennen gelernt hatte. Und weil ich nichts über sie wusste, schrieb ich, dass sie Stiefel trug, mit einer dicken schwarzen Schaumstoffsohle, ohne Absatz.

Einmal lag Miriams Hand auf meiner Schulter. Ich saß im Keller der Universität am Computer, da stand sie hinter mir und fragte, ob ich eine Zigarette mit ihr rauchen wollte. Ich schaltete den Computer aus, mein Vater hatte mir wieder keine E-Mail geschickt, und folgte Miriam durch das düstere Treppenhaus. Sie redete viel und schnell, von einer Kneipe, in der sie jobbte, von ihrem Freund und einer Jazz Session, die ich nicht verpassen dürfe.

Ein cremiger, süßer Duft umgab sie wie Watte, und bei jedem Schritt fiel ihr Rock über den Knien auseinander. Wir setzten uns auf einen Heizkörper, sie gab mir eine Zigarette und Feuer. Dann neigte sie den Kopf, lächelte, dass ich ihre Zähne sehen konnte, glatt, nicht ganz weiß.

Du schaust so trübe, sagte sie, ich kann es nicht ausstehen, wenn Leute so trübe schauen.

Ich wollte etwas erwidern, aber ihr Handy klingelte, spielte eine Melodie. Ich dachte, Bach vielleicht. Und Miriam machte eine Handbewegung, dass ich kurz warten sollte. Ich warf die Zigarette weg, sagte, ich muss los, ich habe jetzt noch ein Seminar.

Miriam rief mir etwas nach. Ich fuhr in meine Wohnung, ließ die Rolläden herunter und dachte, ich könnte ein Bär sein und wenigstens ein paar Tage lang Winterschlaf halten.

Ende Januar begannen die Semesterferien, und die Wohnung hatte einen Geruch, der auch mit Lüften nicht wegzukriegen war. Ich arbeitete drei Tage in einer Kneipe am Marktplatz, aber die Leute strengten mich an, meine Hände zitterten, und abends stimmte die Abrechnung nicht. Dann fand ich einen Job in der Keksfabrik vor der Stadt. Der war verhältnismäßig gut bezahlt, ich mußte nicht reden, und niemand redete mit mir.

Wenn ich in die Fabrikhalle kam, roch es angenehm nach Backwaren und Schokolade, aber nach wenigen Minuten machte die Luft meinen Mund und die Nase trocken, und ich roch nur noch die Hitze und meinen Atem im Mundschutz.

Ich stand am Fließband, packte Kekse in Schachteln, Stunde für Stunde, bis ich das Gefühl hatte, nicht das Fließband bewegte sich, sondern ich. Die Gummihüllen, die man über jeden einzelnen

Finger gestülpt trug, glänzend fettig. Darunter kratzten Krümel und juckten nach einiger Zeit auf der Haut. Ich rezitierte Gedichte, sagte Liedstrophen auf, zählte, deklinierte. Eins, zwei, drei, vier Kekse, eins, zwei, drei, vier. Patria, patriae, wie weiter? Patria, patriae. Rote Pappschachteln schossen an mir vorbei, ich schob immer vier Kekse auf dem Fließband zusammen und packte sie in eine Schachtel.

Nach der Schicht hängte ich Kittel und Haube in den Spind, zog meine Kleider an und war überrascht, dass meine Fingernägel eingerissen waren und das Nagelbett darunter dunkel vom Blut. Ich versuchte, im Kopf die Stunden zusammenzurechnen und den Stundenlohn, kam zu keinem Ergebnis und hoffte, es würde genug sein, überallhin zu fahren.

Ich nahm den Zug zurück in die Stadt. Es war kalt, windig, und Leipzig hatte diesen scharfen, trockenen Geruch nach Braunkohle und Ruß. Es fuhr keine Straßenbahn mehr, für ein Taxi hatte ich kein Geld. Die Ampeln blinkten orange. Alles kam mir still vor und langsam, nur in meinem Kopf rauschten die Maschinen, und meine Hände zuckten.

An einem Freitag, nachdem ich zwei Wochen in der Fabrik gearbeitet hatte, sah ich Miriam auf dem Bahnsteig. Sie saß auf ihrem Koffer, trug den Armeeanorak, und zwischen ihren Lippen klemmte eine Zigarette, nicht angezündet. Als sie mich sah, nahm sie die Zigarette aus dem Mund und grinste.

Miriam wollte nach Berlin. Sie hatte es schon einmal drei Wochen lang nach Berlin geschafft und war dann nach Leipzig gezogen, weil ihr Freund hier studierte.

Wir rauchten eine Zigarette zusammen. Sie wartete auf ihren

Freund. Ich fragte, willst du ihn mitnehmen oder soll er dich zurückholen?

Keine Ahnung, sagte sie. Wir saßen auf ihrem Koffer. Sie sagte, ein Seesack oder so ein großer roter Rucksack mit eingerollter Isomatte würde viel besser zu mir passen.

Wir kauften einen Sixpack Bier und gingen zu mir nach Hause. Miriam hakte sich bei mir ein. Wir zogen den Koffer abwechselnd. Ich hatte das Gefühl, steif und unrhythmisch zu gehen, verglichen mit ihr.

Miriam sah sich in meiner Wohnung um, baute im Gehen einen Joint.

Hier sieht's ja aus wie in einem Museum, sagte sie. Ich machte das Bier auf, schaute aus dem Küchenfenster auf die Gleise. Eine verrußte Diesellock schob lilafarbene Reichsbahnwaggons hinter einen Schuppen. Ich fragte, was meinst du?

Sie tippte jedes der dunkel gerahmten Bilder mit dem Finger an. Ich weiß nicht, sagte sie, es ist so komisch hier. Die Möbel, die Vorhänge, hast du das geerbt oder was?

Dann umarmte sie mich kurz: Entschuldige, ich wollte dich nicht kränken.

Sie holte ein Foto aus ihrem Koffer und legte es auf den Küchentisch. Ich sah sie an, sie schaute auf das Foto und klopfte sich mit der Bierflasche gegen den Bauch. Die Flasche war dunkelbraun, beinahe schwarz und feucht. Die Feuchtigkeit schimmerte auf ihrer Haut. Ich strich mit dem Handrücken über ihren Bauch. Sie schaute überrascht, lachte dann, die Lippen voll, irgendwie rund. Sie stellte die Bierflasche auf den Tisch und brachte ihren Koffer in mein Zimmer. Das Foto war eine Art Porträtaufnahme, der Mann darauf hübsch, blass, mit glattem, hellem Haar, und von rechts unten küsste ihn Miriam unters Kinn. Ich hörte, wie sie sich auszog, ins Bett legte, dann das Klicken des Feuerzeugs. Ich stellte mir vor, wie die Glut sich knisternd in den Joint fraß, und atmete gierig den Geruch.

Ich arbeitete noch zwei Wochen in der Fabrik. Miriam holte mich nachts vom Zug ab oder ich wartete vor der Kneipe, in der sie bediente. Ich mochte Miriam. Irgendwas an ihr berauschte mich und beruhigte. Ich mochte den Geruch ihrer Haut, ihren flachen, glatten Bauch und die dunklen Haarstoppeln in ihren Achseln.

Wenn Miriam aus der Kneipe kam, versuchte sie sich den Rauch aus den Kleidern zu klopfen und sprühte sich Deo in den Ausschnitt und unter die Arme. Dann hakte sie sich bei mir ein, und ich erzählte ihr von meinem Vater, seinem alten Mercedes mit den gelben Kunstledersitzen, auf denen man im Sommer mit dem Hintern festklebte. Ich erzählte ihr von Krakau, sagte, es sei die heimliche Hauptstadt Polens, und beschrieb ihr die Gerüche, feuchte Mauern, Moos, Daunendecken und Vaters Zigarillos.

Und Miriam dachte sich Sonne und konnte sich hinter jedem Häuserblock das Meer vorstellen.

In meiner Wohnung holte sie die schweren, geschliffenen Gläser aus der Vitrine, öffnete eine Flasche Wein und gurgelte ihn, als verstehe sie etwas davon. Wir saßen auf dem Balkon, ich fror, und Miriam kiffte ziemlich viel, erzählte, was sie alles werden wollte, Architektin, Ärztin, Malerin. Sie wollte Saxophon spielen wie ihr Freund oder singen. Sie sang mir vor, ihre Stimme klang wie ein Gurgeln, *come on baby let's get out of this town, I got a full tank of gas with the top rolled down.*

Wenn ein Zug vorbeirauschte, bebte der Balkon, die Weingläser sirrten. Und manchmal durfte ich Miriam in den Arm nehmen. Ich massierte ihren Kopf, streichelte ihre Augenlider und versprach, sie nicht allein zu lassen.

Miriam breitete sich in meiner Wohnung aus, ihre Kleider lagen überall herum, und ihre Haare waren auf den Kacheln, dem Teppich, den Kopfkissen. Sie blätterte in Vaters Büchern, riss Seiten aus einem Krakau-Bildband und klebte sie über die Badewanne. Aber wenn ich ihren Koffer unter das Bett schob, zog sie ihn wieder hervor und ließ ihn aufgeklappt in der Mitte des Zimmers liegen.

Einmal nahm sie mich mit auf eine Jazz Session. Simon, ihr Freund oder Exfreund, spielte da Saxophon. Im Scheinwerferlicht sah er ziemlich gut aus. Er hatte wirres, verschwitztes Haar und öffnete die Augen nur, wenn die Leute klatschten. Miriam konnte nicht heraushören, wann eine Improvisation zu Ende war. Ich versuchte, es ihr zu erklären, aber sie stand immer wieder an der falschen Stelle auf, klatschte und ließ sich lachend aufs Sofa zurückfallen.

Wenn Leute sich genervt nach ihr umsahen, streckte sie ihnen die Zunge raus. Wir tranken Tequila Sunrise, und später kam Simon, schüttelte meine Hand, küsste Miriam auf die Wange und sagte, dann klatsch lieber nicht, du machst dich lächerlich, Miriam.

Er drehte sich um. Miriam klatschte sich auf die Schenkel und wollte aufstehen. Ich sagte, du läufst ihm jetzt nicht nach.

Sie ließ ihren Kopf gegen meine Schulter fallen und blieb neben mir sitzen.

Das Sommersemester begann, und Miriam wollte mit mir wegfahren. Sie lag in meiner Badewanne, streckte ein Bein aus dem klaren Wasser und verrieb das Rasiergel auf ihrer Haut zu Schaum.

Ich habe in der Kneipe gekündigt, sagte sie und setzte den Rasierer am Knöchel an. Sie zog ihn vorsichtig übers Knie und dann unter Wasser den Schenkel entlang. Wir hauen ab, sagte Miriam. Wir fahren nach Krakau.

Rasierschaum schwamm in kleinen, klumpigen Inseln auf dem Wasser.

Nur du und ich, sagte Miriam.

Das machte mir irgendwie Angst. Ich sagte, in einer Woche können wir fahren, in einem Monat, in den Semesterferien.

Miriam nickte jedes Mal. Ihr Koffer war gepackt. Zweimal holte sie mich nachmittags noch von der Universität ab, und wir gingen im Park spazieren und tranken Kaffee am Kanal. Sie sagte, Leipzig bedrücke sie, die Universität, der schwarze Kirchturm der Südvorstadt, die Straßen und Plätze, die doch nur zu Aufmärschen und Militärparaden nützlich seien, ansonsten sinnlos und deprimierend.

Ich wusste nicht, wie sie auf so etwas kam, was sie den Tag über machte. Ich fühlte mich fremd neben ihr.

Erst blieb sie nur ein paar Nächte weg. Ich begann ihr Haar vom Teppich zu saugen und wusch ihren Geruch aus der Bettwäsche. Dann holte sie ihren Koffer, und ich hatte nicht das Gefühl, sie zu vermissen.

Ostern besuchte mich Mutter mit ihrem neuen Freund. Ich hatte die Wohnung mit bunten Bändern und blau bemalten Gänseeiern geschmückt. Mutters Freund wollte nicht in die Kirche. Meine Mutter wollte ihn nicht allein lassen. Ich holte mein Fahrrad aus dem Keller, das lächerlich klein war. Vater hatte es mir zum zwölften Geburtstag geschenkt. Ich stieß mit den Knien dauernd gegen die Lenkstange.

In der Kirche sah ich den gekreuzigten Jesus über dem Altar hängen und fragte mich, warum man ihn nicht wenigstens zu Ostern vom Kreuz nehmen konnte. Was sucht ihr den Lebenden bei den Toten, er ist nicht hier, er ist auferstanden. Die Orgel vibrierte in meinem Magen, und mir fiel Miriams Handy ein. Bach, dachte ich, ganz sicher.

Als ich nach Hause kam, hatte Mutter den Tisch in der Küche gedeckt und lächelte triumphierend. Sie sagte, dein Bad ist voll mit schwarzen Härchen, von wem sind die denn?

Und ihr Freund meinte, ich sei eine attraktive junge Frau. Ein wenig zu ernst für seinen Geschmack. Ich sagte, ein Glück, und wartete, bis die beiden gingen. Dann mailte ich meinem Vater, dass wir so nicht weitermachen könnten. Ich möchte dich sehen, schrieb ich, ich muss dich jetzt sehen.

Ich lag auf meinem Bett, ließ den Computer online und wartete.

Und dann stand Miriam in einer Nacht bei mir vor der Tür. Simon wartete unten im Auto. Sie sagte, wir fahren jetzt nach Berlin, und du kommst mit.

Ich starrte sie an, sie sah sehr schön aus, barfuß, im rot glänzenden Trägerkleidchen und mit ihrem Anorak über dem Arm. Ich sagte, nein, ich will nicht nach Berlin.

Sie griff nach meinem Handgelenk. Aber, rief sie, ich habe Simon gesagt, dass ich nicht ohne dich fahre. Ich habe gesagt, dass du auch nach Berlin willst, und außerdem habe ich morgen Geburtstag, also gleich schon, in einer Stunde, aber ich bin erst gegen Mittag geboren.

Ich sagte, herzlichen Glückwunsch und versuchte die Tür zuzudrücken, aber Miriam drängte an mir vorbei in die Wohnung.

Sag mal, spinnst du?, schrie sie. Was ist los mit dir?

Ich sagte, du bist nicht warm genug angezogen.

Sie umarmte mich, presste ihre Wange an mein Gesicht und sagte, ich fahre nicht ohne dich.

Ich küsste sie. Sie schmeckte bitter und merkwürdig heiß. Miriam presste ihre Hände gegen meine Schultern und stieß mich zurück. Ihr Lippenstift war in den Mundwinkeln verschmiert. Sie sagte, so ist das also, und ich dachte, du magst mich.

Der Juni war warm und verregnet. Abends ging ich an den Gleisen spazieren und über die Hochbrücke in einen ziemlich heruntergekommenen Stadtteil Leipzigs. Die Straßen erschienen mir endlos, viele Häuser standen leer, und aus den Kellern kam ein Geruch, der mich an Krakau erinnerte. Wenn es nicht regnete, hatte der Himmel eine Farbe, die mir besonders vorkam.

Meine Mutter trennte sich von ihrem Freund und wollte mit mir nach Italien fahren. Ich war noch nie in Italien gewesen. Mutter gab mir ein Flugticket und sagte, ich solle nicht viel mitnehmen, wir würden alles neu kaufen.

Ich brachte das Flugticket ins Reisebüro zurück und bekam einen Teil des Geldes bar ausgezahlt.

Mitte Juli schickte Mutter mir eine Ansichtskarte aus Rom, etwas

75

später noch eine aus Sizilien. Ich klebte beide an mein Küchenfenster und fand die Vorstellung komisch, dass ich über die Balkonbrüstung klettern müsste, um den Text durch die Scheibe zu lesen.

Simon saß auf den Steinstufen vor meiner Haustür, als ich vom Einkaufen wiederkam. Kann ich dich kurz mal sprechen?, fragte er und nahm mir die Tüten ab. Die Sohlen seiner Schuhe klatschten auf die Stufen. Mir gefiel das Geräusch.
Simon ging auf den Balkon. Sein blondes Haar war im Nacken gekräuselt, und das Hemd klebte an seinem Rücken.
Miriam hat mir von den Zügen erzählt, sagte er.
Ich holte einen zweiten Stuhl und bot Simon eine Zigarette an. Nein, sagte er, danke. Weißt du, wo Miriam ist?
Ich zündete mir eine Zigarette an, er nahm sie mir aus der Hand, drehte sie zwischen Daumen und Zeigefinger, inhalierte.
Du weißt auch nicht, wo Miriam ist, sagte er und gab mir die Zigarette zurück. Ich starrte ihn an, rauchte, der Filter fühlte sich feucht an und weich. Simon umfaßte das Geländer mit beiden Händen, wiegte den Oberkörper vor und zurück. Über den Gleisen schien die Luft eine Farbe zu haben, wie Wasser, bewegungslos, trüb.

Miriam war in Berlin geblieben, bei jemandem eingezogen, den sie auf einer Party kennen gelernt hatte, und war seitdem verschwunden. Simon hatte seit Wochen nichts von ihr gehört. Ich mochte, wie er ihren Namen aussprach. Ich kochte Kaffee, wir rauchten einen Joint zusammen. Simon sagte, wenn sie zurückkommt, dann zu dir.
Ihr Koffer stand noch bei ihm.

Sie kann ihn jederzeit abholen, sagte er, oder zu mir zurückkommen, das kannst du ihr ausrichten.

Ich sagte, das werde ich ihr ausrichten. Du kannst den Koffer auch zu mir bringen.

Simon lachte durch die Nase und schlug mir leicht ins Gesicht. Ich hielt seine Hand fest, streichelte seine Finger. Er sagte, du bist ja wirklich verrückt.

Er hatte glatte, kalte Haut, und seine Lippen glänzten, wie mit Vaseline eingerieben. Wir schliefen miteinander und rauchten noch einen Joint. Simon roch ein wenig nach Schweiß, aber angenehm, und ich konnte mich riechen. Miriam blieb verschwunden.

Ich riss die Vorhänge herunter und brachte Vaters Bücher ins Antiquariat. Ich glaubte, es sei an der Zeit, seine Bilder abzuhängen, strich die Wände und schliff den Fußboden ab. Manchmal fand ich eines von Miriams Haaren, ein leeres Päckchen Gauloises hinter dem Sofa, ein abgeschnittenes Stück Strohhalm. Ich sammelte alles in einem Schuhkarton und warf ihn weg, als ich fertig renoviert hatte. Die Wohnung stank nach Farbe und Lack. Ich saß auf dem Balkon, hörte Melissa Etheridge und kam mir ein bisschen vor wie ein General, der vom Hügel aus alles überblickt und eine Strategie braucht.

Miriam kam im Oktober wieder. Sie trug einen dunkelblauen Mantel, tailliert geschnitten, und das Haar fiel ihr dick und glänzend bis auf die Schultern. Miriam stellte ihren Koffer ins Zimmer, der Berlin-Sticker war ab, und sie zog sich die Stiefel aus. Ich dachte, dass sie sehr jung aussah ohne Stiefel und mit langem Haar. Sie setzte sich in die Balkontür, sagte nichts, schob ihre nackten Füße in den Regen. Wir rauchten ein paar Zigaretten, und ich fühlte mich, als müsste ich jeden Moment losheulen. Die Luft roch nach Mulch und Miriams Hand wie ein feucht ausgewischter Aschenbecher.

Ich kündigte die Wohnung, und meine Mutter holte sich ein paar Möbel ab.

Wir fuhren nach Krakau. Miriam lag im Schlafwagen im Bett unter mir, und ich lauschte dem ungleichmäßigen Rattern des Zuges, dem Kreischen der Bremsen, wenn er auf einem Bahnhof hielt, und den polnischen Lautsprecherdurchsagen. Die Abteildecke schimmerte weißlich, und ich hatte das Gefühl, sie senkte sich langsam auf mich herab, mein Atem prallte daran zurück und schlug mir feucht ins Gesicht. Ein Gestank tief aus meinem Hals, vermischt mit dem butterig süßen des Schokoladenhörnchens, das in Plastikfolie eingeschweißt auf dem Kopfkissen gelegen hatte.

Krakau hatte einen eigenartigen Geruch. Krakau roch nach feuchten Mauern und Moos, nach Daunendecken und Miriams nassem Haar. Über Bürgersteige und Straßen schoss das Wasser, aus den Gullis gurgelten Schlamm und Toilettenpapier. An einem der vergitterten Kioske kaufte ich einen Regenschirm. Er war rot geblümt und zu klein für zwei. Miriam hatte einen Reiseführer dabei, Krakau in schwarzweißen Bildern und unglaublich viel klein gedrucktem Text. Miriam hielt das Buch in der einen Hand, den Schirm in der anderen. Der Stoff ihres Mantels rieb über meinen Handrücken und hatte einen unangenehmen Geruch. Wir liefen von einer Sehenswürdigkeit zur anderen, redeten nicht viel, beneideten die Marktfrauen um ihre Zeltplanen. Überall waren Tauben, eine Invasion von Tauben, und Miriam sagte etwas von Hitchcock.

Sie verstand nicht, was mir an Krakau gefiel. Sie war gereizt, müde. Die Musik war ihr fremd, und sie sagte, Polen ist ein ausgeraubtes Land, in Museen und Kirchen ist nur geblieben, was keiner mitnehmen wollte.

Die billigen Zigaretten, die Kellerkneipen und Johannisbeersaft mit Wodka versöhnten sie kaum.

Wir saßen einander gegenüber, Miriam auf der gestärkten, altrosafarbenen Bettwäsche, ich im Ohrensessel am Schreibtisch. Zwischen uns ein Quadratmeter flauschiger Teppich und Zigarettengeruch. Meine Füße waren weiß und kalt. Im Fernsehen lief Eurosport. Miriam löffelte Zucker in die geblümten Kaffeetassen und goss Schnaps dazu. Über ihrem Bett hing ein Kruzifix. Ich schaute auf den Fernsehbildschirm, Schwimmerinnen mit von Badekappen entstellten Köpfen und Propellerarmen. Auf der Straße unter dem Fenster fuhr eine Kutsche vorbei. Miriam verschwand ins Bad, während ich wieder auf dem Bett lag, die Zimmerdecke war diesmal beruhigend weit von mir entfernt. Ich dachte an meinen Vater, einen Moment nur, an seine kleinen, gleichgültigen Hände, die Zigarillos, den Mercedes, aber es blieb ein verschwommenes Bild, und ich öffnete die Augen wieder.

Miriam kam nackt aus dem Bad, ihre zerknitterten Kleider über dem rechten Arm und eine Zigarette zwischen den Lippen. Sie warf die Kleider aufs Bett, öffnete das Fenster und lehnte sich weit hinaus. Ich starrte ihren weißen Hintern an und die kurzen, kräftigen Beine. Ich sagte, Miriam, ich weiß nicht, wo mein Vater ist. Er hat mir schon lange nicht mehr geschrieben.

79

Sie setzte sich im Schneidersitz neben mich aufs Bett. Sie hatte zugenommen, ihr Bauch war nicht mehr ganz so flach und fest. Du immer, sagte sie, du immer mit deinem Vater.

Wir hängten die nassen Sachen über die Heizung, den blauen Mantel auf einen Kleiderbügel. Miriam zog ihren Armeeanorak an. Es hatte aufgehört zu regnen, und die Stadt war wie ausgestorben.

Miriams Hand fühlte sich warm und trocken an. Ich fror. Ein Blumenverkäufer kam uns entgegen. Miriam zählte die Pflastersteine. Als er vorbei war, sagte sie, eigentlich hätte ich dir eben eine Rose kaufen können.

Wir gingen in eine der Kellerkneipen. Auf der Theke stand eine halb nackte Frau. Alles war blau und dunstig. Leute klatschten in die Hände und tanzten im Kreis. Ich tanzte mit, rauchte, trank Wodka mit warmem Johannisbeersaft. Miriam wollte nach Hause. Scheiß Krakau, sagte sie, von wegen heimliche Hauptstadt.

Es fährt doch kein Zug mehr, sagte ich, du bist betrunken, ich lass dich nicht einfach so gehen.

Sie schenkte mir ihren Anorak, der über einem Barhocker hing. Ich tanzte weiter und küsste einen Mann mit dunklem Haar.

Das letzte Mal sah ich Miriam in Berlin. Sie bediente in einem Café in der Neuen Schönhauser Straße.

Alles klar?, fragte sie und küsste mich auf die Wange. Sie wohnte mit Simon zusammen ganz in meiner Nähe. Ich fragte, wollt ihr mich nicht mal besuchen?

Sie sagte, ja, natürlich, und schön, dass wir wieder in einer Stadt sind.

Ein paar Wochen lang hoffte ich, sie zufällig auf der Straße oder in einem Laden zu treffen. Danach erinnerte mich nur manchmal ein Geruch an Miriam, sonst hatte ich nicht das Gefühl, sie zu vermissen.

für Christopher K.

Station

Vielleicht hat sie Tadeusz erfunden. Was spielt das für eine Rolle? Im Kreisverkehr um die Siegessäule wollte sie einen, der ihr den Stadtplan vom Lenkrad nimmt und ihr den Weg zeigt. Anna schaut in den Rückspiegel. Tadeusz ist groß und kahlköpfig, die Haut spannt sich sonnenverbrannt über den Schädel, die Stirn steht ein wenig vor, irgendwie kantig über den Augen.

Anna schwitzt. Ihr T-Shirt klebt feucht am Rücken. Ihr Haar kräuselt sich an den Schläfen, als hätte sie es heute Morgen nicht gewaschen. Als sie sich über den Beifahrersitz beugt, um das Fenster herunterzukurbeln, reißt ihr ein Schlagloch beinahe das Lenkrad aus der Hand. Berlin weht ins Auto wie heißer Sand. Anna weiß nicht, wohin sie eigentlich will, fährt einfach, gibt Gas, bremst, starrt. Die Marx, Lenin, Liebknecht, Rosa Luxemburg Alleen, Straßen und Plätze gehen ihr auf die Nerven.

Tadeusz ist ungeduldig. Du weißt nicht, was du willst, sagt er. Der Stadtplan auf dem Lenkrad klappt auseinander, Anna stößt ihn zur Seite. Sie sieht wieder in den Rückspiegel. Ihre Augenlider flattern. Bloß nicht einschlafen. Sie zündet sich eine Zigarette an. Straßen, Ampeln, Baustellen, alles wie ein Computerspiel, die Gangschaltung ist der Joystick. Die Kupplung kommt weich. Die Zigarette schmeckt ekelhaft, der Rauch brennt bitter auf der Zunge. Anna versucht die Zigarette auszudrücken, der Aschenbecher ist voll.

Sie parkt den Wagen, geht zu Fuß weiter. Der Riemen ihrer Tasche schneidet in die Schulter. Die Luft riecht nach heißem Fett und Abgasen. Jemand schwenkt eine Bierdose vor ihren Augen. Es gibt eine Geistwelt, es gibt eine Geistwelt, haucht ihr der Penner ins Gesicht.

Ich weiß, sagt sie, läuft weiter, wie auf Schnee. Der dritte Tag ohne Schlaf. Nur manchmal ein Feuerwerk unter den Augenlidern, an einer Schulter zusammengesackt, aufgeschreckt, wenn es leer wurde, ruhiger. Auf ein Dach geklettert und auf Baugerüste, und zurück. Individualfaschist, sagte jemand. Die Leute wie Marionetten im zuckenden Licht. Die schrillen Schreie der Mädchen, wenn sie jemanden in der Masse erkannten. Und dann, in einem Zimmer, das viel zu eng war, zwischen fremden Menschen, Aschenbechern, Zweiliterweinflaschen, verblasste Tadeusz. Anna saß im Fenster, mit angezogenen Beinen, die Hände gegen die Schläfen gepresst. Plötzlich ein leiernder Grönemeyer. Das Faszinierende ist, sagte jemand, dass nur er seine Lieder singen kann. Mit der Schere im Kopf. Auf Körpern übernachtet und versagt.

Anna möchte sich Tadeusz in den Rücken stellen, sich anders fühlen und stärker. Ihr Mund ist trocken und keine Heimat mehr wird unerträglich. Wahlheimat, Wahlverwandtschaft und wirre Gedanken, alptraumhaft langsam, dann so was wie Sehnsucht.

Eine Straße kommt ihr bekannt vor, der Dönerladen an der Ecke und ein Stück weiter Brautmoden und feinste asiatische Tees. Aus Kellerfenstern kommt kalte Luft. Eine Frau kniet auf dem Bürgersteig und poliert die Felgen ihres Autos. Das Radio ist aufgedreht. Anna hört keine Musik, spürt nur die Bässe.

Da ist eine Kneipe, ein hoher Zaun, ein Tor, dahinter im Dunkeln ein Friedhof. Anna bleibt stehen, die Bässe im Magen. Sie umfasst die kalten Gitterstäbe. Die Adern auf ihren Händen drücken dunkel unter der Haut hervor. Ihre Arme glänzen, als wären sie mit Öl eingerieben. Anna rüttelt am Tor. Es ist verschlossen. Sie muss weitergehen, den voll geschissenen Bordstein entlang. Christian fällt ihr ein, und wo soll sie sonst hin. Sie wird Tadeusz nicht finden, das ist unmöglich in dieser Stadt. Hier taucht man ein. Hier kommt man her, wenn alles aus einem herausgeschabt ist, wenn man Stillstand fürchtet und Stille.

Sie zündet sich eine Zigarette an, fühlt sich getrieben und unruhig. Etwas an Berlin ist beängstigend oder an der Geschichte. Sie saugt an der Zigarette, als könnte sie das beruhigen.

Ein Haus ist saniert. Wie ein vergoldeter Zahn in einem verfärbten Gebiss. Sie liest Christians Namen auf einem der Messingschilder, streicht mit dem Finger über die Buchstaben. Sie sieht auf die Tür, glattes, kaltes Holz, grün lackiert. Irgendwann, zwischen Julien und Günther oder davor, hatte sie Christian versprochen, nicht wieder zu kommen. Sie sieht Christians Gesicht, klein und blass, und das wellige Haar, das nach trockener Erde riecht und sich auch so anfühlt.

Anna klingelt. Hinter einem winzigen Bullauge bewegt sich eine Kamera. Anna presst ihre Hand darauf. Die Tür summt, lässt sich aufdrücken. Das Licht geht an. Sie geht durch einen hohen, mit Spiegeln verkleideten Raum und durch eine Glastür auf den Hinterhof.

Den Kiesweg entlang leuchten kleine Lampen auf. Anna sieht an den Häusern hoch. Bepflanzte Balkone, hinter den meisten Fenstern noch Licht, rotes Dach und ein Stück Himmel. Keine Sterne über Berlin, nur die blasse Mondsichel über einer Dachterrasse mit Palmen.

Christian steht in der Wohnungstür, eine Hand flach an den Mund gepresst. Seine Augen haben immer noch diesen weinerlichen Ausdruck, aber Anna lässt sich nicht täuschen.
Kann ich reinkommen?, fragt sie und schiebt sich an ihm vorbei in die Wohnung. Christian nimmt ihr die Tasche ab.
Komm rein, sagt er. Warum hast du nicht angerufen?
Er folgt ihr durch den Flur ins Zimmer. Das Parkett knackt nicht, die Wände sind braunrot gestrichen, Monet, Cézanne und Hopper hängen rot, rosa, weiß gerahmt nebeneinander. Die Tür zum Balkon ist offen. Die Blumenkästen sind neu, die Korbstühle auch. Sonst haben sie einfach auf dem Boden gesessen. Anna streift ihre Schuhe ab, massiert sich die Füße. Christian bringt Kerzen und Wein.
Mach dir keine Sorgen, sagt sie. Morgen bin ich wieder weg.
Er streicht ihr mit dem Handrücken übers Haar. Schscht, macht er. Schscht.

Christian spricht leise. Er formt jedes Wort mit den Lippen, als wäre es wichtig, erzählt von der Universität, seiner Doktorarbeit. Effizienz, Optimierung, Logistik. Aber wenn Anna sich eine Zigarette anzündet, kann sie ihn nicht verstehen. So verliert sie immer wieder den Faden. Sein Mund ist schön, sinnlich. Anna möchte ihn küssen. Die Spucke aus seinen Mundwinkeln saugen, die glatten, glänzenden Zähne lecken. Aber Christian formt Worte. Konsolidierung, Akquisition.

Er hat es zu etwas gebracht, denkt Anna. Er ist nie von seinem Weg abgekommen, nicht einmal in der Zeit, in der sie noch an ihm gehangen hat. Sie ist ein Gewicht gewesen, eine Bleikugel an seinem Fuß. Er macht Anna keinen Vorwurf, aber ohne sie ist alles viel leichter und schneller gegangen.

Anna kramt so lange in ihrer Handtasche, bis er aufhört zu reden, sie ansieht, mit leicht geöffneten Lippen, die Zungenspitze zwischen den Zähnen.

Was suchst du?, fragt er. Sie zeigt ihm die versilberte Dose, die er ihr geschenkt hat. In den Deckel sind drei Lilien und Annas Name graviert.

Verdammt, sagt Christian. Nimmst du immer noch diese Tabletten?

Sie öffnet die Dose. Die weißen, sagt sie, machen wach. Von den rosafarbenen brauche ich nur eine halbe, müde bin ich ständig. Aber ich kann trotzdem nicht richtig schlafen.

Christian nickt, schenkt sich Wein nach. Er schaut sie an, als hätte er sich etwas anderes für sie gewünscht. Was?, fragt Anna. Er versteht nicht.

Du hast doch noch Wein, sagt er und schenkt ihr trotzdem nach. Seit ich nicht mehr schlafen kann, sagt Anna, bin ich auch nicht mehr richtig wach.

Sie schluckt eine halbe Tablette, kippt den Wein nach, hört Christian reden. Er knüpft nahtlos an, als sei sie nie weg gewesen. Das würde sie ärgern, wäre sie nicht so erschöpft. Ihr Kopf fällt auf die angezogenen Knie. Christian beugt sich über sie. Sein Hemdkragen streift ihre Schläfe. Bettwäsche und Hemden bringt er in die Reinigung.

Du riechst wie ein Fisch, sagt er.

So fühl ich mich auch, sagt Anna und versucht zu lächeln. Christian glaubt, alles habe einen Sinn. Und wenn du ihn nicht siehst, sagt er, siehst du ihn nur noch nicht.

Anna lässt sich von ihm tragen, legt ihre Arme um seinen Hals. Christian zieht sie aus, ohne ihre Haut zu berühren. Sie setzt sich in die Dusche. Er stellt das Wasser an. Gut so?, fragt er und drückt Seife über ihren Schultern aus. Wunderbar, sagt sie. Er streift sich einen Frotteehandschuh über die Hand. Anna schließt die Augen, lehnt den Kopf gegen die Kacheln. Sie stellt sich vor, es hat zu regnen begonnen, sintflutartiger Regen, und sie ist so ausgekühlt, dass sie ihn als warm empfindet. Sie wird erfrieren oder ertrinken, wird sterben. Die Wasserstrahlen lösen einen warmen, dumpfen Schmerz auf ihrer Haut aus.

Was ist mit deinem Fuß passiert?, fragt Christian. Sie presst die Lippen aufeinander. Und mit deinem Arm?, hört sie seine Stimme. Sie will die Augen nicht öffnen, will ihren Körper nicht sehen, die weiße, haarige Haut. Keine Ahnung, sagt sie. Vielleicht bin ich gefallen.

Das da am Arm eitert, sagt Christian. Du bist so dünn geworden. Geht es dir gut?

Anna greift blind nach der Brause, drückt sie sich zwischen die Brüste.

Starr mich nicht an, schreit sie. Macht dir das Spaß, oder was?

Ihre Stimme klingt fremd, aber schön. Anna beginnt zu singen. Gute Nacht, Freunde, es wird Zeit für mich zu geh'n. Was ich noch zu sagen hätte, dauert eine Zigarette und ein letztes Glas im Steh'n.

Anna denkt, da singt jemand anderes, da singt eine fremde Frau aus meinem Mund.

Der Gedanke gefällt ihr. Christian legt ihr ein Badelaken um die Schultern, trägt sie ins Bett. Bleib erst mal hier, sagt er.

Anna hat etwas verloren. Sie liegt auf dem Bett, eine Zigarette zwischen den schmalen Lippen.

Ihre Haare sind überall, auf den Kissen, an der Wasserflasche, die auf dem Nachttisch steht. Sie überziehen den Bettvorleger wie ein filziges Netz. Anna denkt, klar, das musste so kommen, zu viel geraucht, von fremden Tellern gegessen, kein Kondom benutzt. Erst tagelang ein schleimiger Husten, jetzt Haarausfall, und wenn sie ihre Brüste abtastet, findet sie immer einen Knoten unter der Haut. Anna weiß, das ist Einbildung, das Leben dauert. Andererseits kann man sich krank denken. Aber sich tot wünschen? Anna ist sich nicht sicher. Sie wünscht sich irgendetwas, ein großes Gefühl. Es muss etwas passieren, damit sie zurückkehren kann. Alte Freunde anrufen. Entschuldige, ich hätte mich melden sollen, aber jetzt bin ich wieder aufgetaucht, mein Leben macht einen Sinn. So was in der Art. Anna spürt kein Leben mehr, alles ist hohl und kalt, das Konto abgeräumt, und Tadeusz sagt etwas wie, aus dir selbst heraus, Anna. Du musst.

Sie will kämpfen, sie will einen Inhalt und einen Gegner. Aber niemand setzt ihr etwas entgegen. Warum auch. Sie fällt keinem zur Last. Ihre Haut zieht sich kalt zusammen, als sie aufsteht.

Christian schleppt sie durch Berlin, von seiner Wohnung in andere Wohnungen. In keiner steht ein Kohleofen wie bei Tadeusz, in keiner gehen die Bücherregale bis unter die Decke.

Christian hat Freunde, kennt Leute, hat mit allen etwas zu bereden. Anna kann sich die Namen nicht merken.

Sie trinken Kaffee, Tee, Weißwein. Manchmal steht ein Aschenbecher auf dem Tisch, manchmal wird Anna auf den Balkon geschickt. Einmal kneift Christian ihr in den Arm und wird rot überm Hemdkragen. Der Vater ist gerade an Lungenkrebs gestorben oder der Bruder, irgendwer aus der Familie. Anna sagt, meine Freundin hat nie geraucht und hat trotzdem Krebs. Im Bauch, sagt sie. Der frißt alles auf, und Kinder kann sie keine mehr bekommen, aber will sie auch gar nicht.

Christian greift sich an den Hals, macht einen Knopf auf und lacht künstlich.

Anna schüttelt Hände, wird von Frauen, die sich freuen, sie kennen zu lernen, auf die Wangen geküsst. Die Hand eines Mannes gefällt ihr. Anna hält sie fest, betrachtet die kurzen, kräftigen Finger, den Siegelring und die weißen Nägel. Dann bemerkt sie, dass niemand etwas sagt. Der Mann hat ekelhaftes Haar. Es ist über die Ohren gegelt und klebt faserig an der Kopfhaut. Der Mann starrt, Christian starrt, die Frau lächelt. Anna lässt die Hand los und ist froh, dass Christian ihr noch die Perlenkette umgebunden hat. Unter ihrem Make-up perlt Schweiß.

Deine Welt ist süß, Christian, sagt Anna. Jeder hier hat den Mund voll mit Honig.

Und Christian legt einen Arm um sie und haucht ›Sauf nicht so viel‹ in ihr Ohr.

Er drängt Tadeusz zurück, mit jeder Berührung, mit dem Druck seiner Hand zwischen Annas Schulterblättern. Anna kann nichts dagegen tun, weiß nicht, ob sie will. Nichts erinnert an Tadeusz, keine Straße, kein Geruch, kein Geräusch ist mit ihm in Verbindung zu bringen. Und Anna denkt, vielleicht hat sie ihn wirklich erfunden.

Abends sitzen sie auf Christians Balkon. Warum bist du zu mir gekommen?, fragt Christian. Und bleibst du?

Sie schiebt ihren Fuß zwischen seine Beine. Lass das, sagt er. Anna zündet sich eine Zigarette an, bläst ihm Rauch ins Gesicht. Die Perlenkette klebt ihr im Nacken.

Schämst du dich nicht?, fragt er. Anna sieht ihn an, seinen niedlichen Mund und das Haar, die schmalen Schultern, das frische Hemd. Sie denkt, vielleicht hat er Recht, vielleicht wäre Berlin ein Zuhause geworden und das Stück Himmel über den Häusern vertraut.

Einen Moment lang wünscht sie sich trockene Haut und einen süßen Geschmack im Mund.

Wofür soll ich mich schämen?, fragt sie. Aber wenn du es willst, dann eben.

Ich will nicht, sagt Christian. So will ich nicht.

Aber sie darf bleiben und fühlt sich schwach, weil er nichts verlangt. Weil er sie zudeckt und auf die Stirn küsst und ›Schlaf jetzt‹ sagt. Sie schmiegt sich an seinen Rücken und kann nicht so gleichmäßig atmen wie er.

Es riecht merkwürdig, bitter und feucht, vielleicht nach einem Gewürz oder nach Kräutern. Das Tor zum Friedhof steht offen. In der Kneipe nebenan spielt einer Saxophon. Anna folgt dem Geruch, spürt ihn, als stehe jemand hinter ihr und atme ihr seinen schlechten Geruch auf die Haut. Atem, ja, so riecht ein Mensch, wenn er krank ist, denkt Anna.

Der Friedhof ist schattig. Der Wind in den Bäumen klingt wie Regen. Ein Grabstein ist vom Toten selbst unterschrieben, zumindest sieht es so aus. Berlin ist nicht zu hören, und Anna beruhigt sich, fühlt sich geborgen.

So mutig als treu. Unvergessen. Herr Gott, du bist unsere Zuflucht. Er wollte etwas verändern. Anna bleibt stehen, liest die Inschrift noch einmal. Er wollte etwas verändern. Ich, denkt sie. Ich. Und sie wünscht sich einen, der um sie weint. Tadeusz sagt, wenn du stirbst, bin ich verzweifelt. Ich würde um dich weinen.
Anna glaubt ihm nicht. Etwas an seinem Blick ist blass und kalt. Sie sagt, gewähr' mir, Bruder, eine Bitt', wenn ich jetzt sterben werde, so nimm meine Leiche nach Hause mit, begrab mich.
Wo bist du zu Hause?, fragt Tadeusz.
Plötzlich macht Tadeusz ihr Angst. Sie denkt, wenn er mich jetzt tötet, wird er allen erzählen, ich habe mich selbst umgebracht. Und jeder wird ihm glauben.
Ich bringe mich nicht um, schreit sie. Und ihre Stimme klingt wieder fremd. Tadeusz sagt, schau dir diesen Engel an, Anna, schau dir sein Gesicht an.

Christian kauft ihr ein Tagesticket, schiebt sie in Busse, S-Bahnen, U-Bahnen, stößt sie auf Bahnsteige, sagt, das ist der Anhalter Bahnhof, das ist der Bahnhof Zoo, du weißt schon, da gab's mal so ein Buch. Einmal steigen zwei blonde Russen zu, singen ›Kalinka‹, und Christian gibt ihnen Geld.
Anna ist müde, fühlt sich bedrängt und angefasst. Die Hitze steht staubig über den Straßen.
Berlin erschlägt mich, sagt sie. Christian gibt ihr Apfelsaftschorle zu trinken und rote Brause. Er hat sich erkundigt. Die Tabletten vertragen sich nicht mit Alkohol.
Das ist doch Unsinn, sagt Anna. Aber Christian kneift nur die Augen zusammen und sagt, hast du Geld, dann kauf dir was anderes.

Christian kauft Kirschen. Die schmecken nach Wasser, und das Fruchtfleisch ist gelblich. Anna spuckt eine Spur über den Alexanderplatz.

Lass das, verdammt, sagt Christian. Anna spitzt die Lippen. Hast du keinen Humor?, fragt sie.

Du bist nicht komisch, sagt Christian.

Vor den Hackeschen Höfen tanzen junge Portugiesinnen oder Spanierinnen Polonaise. Schülerinnen oder Studentinnen, und Anna möchte mit ihnen zusammen sein, aber Christian zieht sie weiter, zu den Nutten auf der Oranienburger Straße, zur Synagoge.

Tadeusz, sagt Anna plötzlich. Das kommt mir bekannt vor, ich glaub, hier haben wir gegessen.

Wer ist Tadeusz?, fragt Christian. Anna zuckt mit den Schultern, aber die Kneipe neben der Synagoge kennt sie und weiß, dass man im Hof sein Fahrrad nicht abstellen darf.

Ich glaube, ich bin mit dem Fahrrad in eine Straßenbahnschiene gekommen, sagt sie. Ich glaube, dabei habe ich mich verletzt.

Was?, fragt Christian.

Anna bleibt stehen. Sie kann Tadeusz nicht sehen, aber sie spürt seinen Blick. Leute drängen an ihr vorbei. Dann taucht Tadeusz' Schädel zwischen den Leuten auf, wie ein Stahlhelm. Die drei Falten auf seiner Stirn sehen aus wie eingeritzt. Tadeusz eilt ihr entgegen, eine Hand in die Tasche seines Jacketts geschoben, mit der anderen winkt er, als wollte er ein Taxi rufen.

Alles in Ordnung?, fragt Christian. Sein Gesicht ist verschwommen. Tadeusz läuft an ihr vorbei, schaut sie nicht mal an. Anna drückt die Daumen auf ihre Augenlider, bis es flimmert. Eine Straßenbahn kreischt, dann ist es still. Annas Füße quellen aus den

Schuhen, lösen sich auf. Anna fühlt ihre Beine nicht mehr, sackt zusammen, stößt sich die Schulter. Liegt auf dem Boden. Der Asphalt ist warm. Anna denkt, natürlich gibt es Tadeusz. Hätte ich einen Mann erfunden, wäre er nicht kahlköpfig. Er würde mich erkennen und nicht an mir vorbeigehen.

Der Zauberer aus Ostberlin. Über der Theke hing ein Stadtplan, auf dem die Mauer noch eingezeichnet war.
Berlin war wie die Comichefte in meiner Kindheit, sagte Tadeusz. Eine Seite in Farbe, eine schwarzweiß.
Daran erinnere ich mich auch noch, sagte Anna. Ich habe nur die bunten Seiten gelesen.
Sie wollte sagen, so viel Zeit liegt nicht zwischen uns. Sie wollte irgendetwas sagen, das ihn überraschte, etwas tun, das ihn erstaunte und reizte. Ihr fiel nichts ein.
Der Zauberer spuckte Tischtennisbälle und fing sie hinter seinem Rücken in einem Zylinder auf.
Der Wein schmeckte sauer. Im Aschenbecher verglühte der Filter einer Zigarette. Annas Finger tanzten über die Tischplatte.
Tadeusz sah sie an, aus halb geschlossenen Augen, und schüttelte langsam den Kopf. Seine Hände waren klein, beinahe quadratisch und haarig. Anna kannte sonst keinen Mann, der sich die Fingernägel feilte.
Annas Fingernägel klangen auf der Tischplatte wie Steppschuhe. Daumen und Zeigefinger machten ein Spagat. Tadeusz applaudierte. Der Zauberer setzte sich ans Klavier und begann zu singen. Simsalabimsaladusaladim, der Kuckuck ist tot.
Du weißt nichts über mich, sagte Anna. Willst du etwas über mich wissen?

Tadeusz stand auf, strich ihr über die Schulter, ging an die Theke, bezahlte. Anna blieb sitzen. Der Zauberer schluckte Rasierklingen und zog sie sich an einem roten Faden wieder aus dem Rachen.

Dann spürt sie den Schmerz, wie kochendes Wasser oder die Herdplatte, auf die einer ihre Hand mal gepresst hatte. Sie öffnet die Augen. Leute sind stehen geblieben. Jemand schüttet ihr Wasser über die Schultern. Christian hilft ihr auf. Seine Kraft erstaunt sie. Nein, nein, sagt er zu einer Frau. Wir brauchen keinen Arzt. Das ist nur die Hitze.

Von der Synagoge kommt der Polizist auf sie zu. Christian zerrt an Annas Arm. Komm jetzt, sagt er. Komm.

Tadeusz, sagt Anna. Ich habe ihm nicht gefallen.

Christian schiebt sie in ein Taxi. Anna kurbelt das Seitenfenster herunter. Vor einem indischen Restaurant sitzen Leute. Die Farben des Essens gefallen Anna. Sie möchte etwas von diesem gelben Reis haben.

Wie kann das sein, sagt Christian, dass du jemandem nicht gefällst?

Er sieht Anna nicht an. Sie beugte sich zu ihm hinüber, will ihn auf den Mund küssen, aber er dreht den Kopf weg und macht ein Geräusch, atmet merkwürdig ein, so dass Anna einen Moment lang denkt, er würde weinen.

Er lacht. Seine Schultern zucken. Der Taxifahrer schaut in den Rückspiegel, und Anna hält seinen Blick.

Mai-Tai

Fabian lag neben mir, die Hände auf dem Bauch gefaltet, die Augen geschlossen. Seine Haut war von der Sonne gerötet. Ich tippte ihm auf die Narbe, die sich von der rechten Schläfe bis unters Auge zog. Wie eine Sichel. Fabian drehte den Kopf zur Seite. Lass mich, sagte er.

Die Jungs saßen um uns herum, spielten mit ihren Handys und tranken Apfelwein aus braunen Flaschen. Einer lachte, prostete mir zu.

Lass den doch schlafen, sagte er. Komm zu mir.

Fabian sagte, fick dich selbst, Tino. Ohne die Augen zu öffnen.

Am Pool standen Frauen mit hochgestecktem Haar, rauchten Zigaretten. Sie trugen Bikinis, ihren Schmuck, Perlenketten eng um den Hals gelegt und Ringe mit großen Steinen. Das Wasser reflektierte die Sonne. Maja kam über die Wiese gelaufen, in ihrem getigerten Höschen, mit nackten Brüsten und nassem, dunklem Haar. Sie winkte mir zu. Komm, rief sie, komm mal her, ich habe dir was zu erzählen.

Ich hatte Maja einige Wochen lang nicht gesehen. Sie tanzte in den Diskotheken der amerikanischen Soldaten und im Barcelona, das Fabians Familie gehört hatte. Fabian sagte, Maja habe Negerblut in den Adern.

Gegen Neger hatte er nichts, nur gegen die Türken, die seiner Familie das Barcelona weggenommen hatten. Mittlerweile gehörten fast alle Bars und Diskotheken in der Stadt Türken.

Fabian und ich gingen abends nur noch ins Mai-Tai, ein thailändisches Restaurant mit Bar.

Das hat schon immer den Schlitzaugen gehört, sagte Fabian.

Jetzt komm schon, rief Maja. Ich stand auf, stieg über die Jungs hinweg, die mit zusammengekniffenen Augen und stumm zu mir hinaufschauten. Ich hörte Fabians Stimme. Maja, willst du dich nicht zu uns setzen?

Sie hob beide Hände. Danke, sagte sie und drehte sich um.

Wir setzten uns auf die Terrasse des Restaurants. In den Weinbergen war kein Mensch zu sehen. Im Tal lag die Stadt unter hellblauem Dunst. Ich bestellte zwei Piccolo. Die Bedienung brachte keine Gläser, knallte die Flaschen auf den Tisch und kassierte gleich ab.

Du riechst nach Schweiß, sagt Maja, vielleicht solltest du deinen Arsch mal ins Wasser bewegen.

Was gibt's?, fragte ich und schraubte die Sektflaschen auf.

Yves, sagte sie. Er heißt Yves.

Irgendwelche Straftaten?, fragte ich. Schulabschluss? Ausbildung? Studium?

Maja lachte. Abitur. Zivildienst. Keine Straftaten.

Wir stießen miteinander an. Sie nahm einen Schluck. Sekt schäumte aus der Flasche, spritzte über den Tisch.

In Ordnung, sagte ich. Ünal ist vorbei. Werd's mir merken. Dann können wir ja mal zu viert weggehen. Yves ist doch kein Türke, oder?

Nee, sagte sie. Er hat rotes Haar. Aber vielleicht guckst du ihn dir erst mal allein an, bevor du ihn Fabian vorstellst. Mit euch alles klar?

Wenn du nicht immer ins Barcelona gehen müsstest, würdet ihr euch besser verstehen, sagte ich.

Ihr Haar war in dicken, glänzenden Strähnen getrocknet.

Wir tranken den Sekt leer, schwammen eine Runde im Pool. Dann nahm Maja mich an der Hand, führte mich am Kinderbecken vorbei auf die Familienwiese. Schatten, Frauen im Badeanzug, Windelgeruch. Ich sah Majas Handtuch, getigert wie ihr Bikinihöschen, bei der Rutsche liegen. Daneben der Mann. Yves. Die Arme unterm Gesicht verschränkt. Ich hatte noch nie einen Schwarzen mit rotem Haar gesehen. Das Haar war nicht richtig rot, nicht so, wie ich es mir vorgestellt hatte. Es war dicht, kurz, umschloss den Hinterkopf wie eine Wollmütze. Maja ging neben Yves in die Hocke, strich ihm über den Rücken. Er drückte die Schulterblätter zusammen, drehte sich um und blinzelte zu mir hoch. Maja blieb neben ihm sitzen, eine Hand auf seinem Arm. Yves hatte Sommersprossen auf den Wangen. Sein Gesicht schien blasser zu sein als der Körper.

Du bist das also, sagte er und streckte mir seine Hand entgegen.

Yves lebte mit seiner Mutter, der Großmutter und vier Geschwistern in zweieinhalb Zimmern. Er hatte kein eigenes Auto. Maja und ich holten ihn ab. Wir wollten tanzen gehen.

Yves' Mutter hatte blaue Augen und feines, blondes Haar. Ich saß neben Maja auf der Schlafcouch im Wohnzimmer. Die Großmutter hockte in einen Sessel versunken am Fenster und strich die karierte Wolldecke über ihren Knien glatt. Yves' Mutter gab uns Pfläumchen zu trinken. Maja klopfte die kleine Flasche auf den Tisch, schraubte den Deckel ab und trank den Schnaps in einem Zug aus. Ich drehte mein Pfläumchen zwischen den Handflächen. Ein kleines Mädchen mit vielen geflochtenen Zöpfen schnitt einer Barbiepuppe das Haar ab. Yves' ältester Bruder nahm ihr die Schere aus der Hand. Er hatte viel dunklere Haut als Yves und kurz geschorenes, schwarzes Haar. Yves stand in der Tür, als einziger rothaarig, und sagte, los jetzt, los, raus hier.

Ihr geht nirgendwohin, schrie die Großmutter. Ihr macht mir keine Schande!

Sie ist ein bisschen verwirrt, sagte Yves' Mutter und gab uns noch zwei Pfläumchen.

Yves ist doch gar kein richtiger Nigger, sagte der ältere Bruder. Wenn ihr beide auf Nigger steht, solltet ihr heute Abend lieber mit mir tanzen gehen.

Die Mutter stellte sich auf die Zehenspitzen und zog ihn am Ohrläppchen. Lass deinen Bruder in Ruhe.

Er küsste sie auf die Schläfe.

Was du da gemacht hast, Mama! Das ist doch kein Nigger gewesen, Yves' Papa.

Lasst uns abhauen, sagte Yves.

Diese Negerbande, schrie die Großmutter. Diese Negerbande geht heut nirgendwohin!

Das kleine Mädchen fing an zu plärren. Die Mutter hob es vom Boden auf und setzte es der Großmutter auf den Schoß. Ich trank die beiden Pfläumchen aus, ohne die Flaschen vorher auf Holz geklopft zu haben.

Das schmeckt doch so nicht, sagte der Bruder.

Das bringt Unglück, sagte die Mutter und hakte sich bei ihm ein. Sie gingen aus der Wohnung wie ein Pärchen.

Du Schlampe, schrie die Großmutter. Wenn du mir mit noch so einem Balg ankommst, kannst du was erleben!

Das kleine Mädchen brüllte.

Und tschüss, sagte Yves.

Vor dem Haus zündete ich mir eine Zigarette an. Es war warm, und Mücken schwirrten im Licht der Laternen. Maja wollte ins Barcelona. Ich sagte, nein, das können wir nicht machen.

Sieht dich doch keiner, sagte Maja, die Leute, die da sind, haben mit Fabian nichts zu tun. Und seine Jungs meiden das Barcelona geschlossen.

Was ist eine Türkendisco?, fragte Yves.

Ich will da nicht hin, sagte ich.

Eine Mülltonne unter 'ner Ampel, sagte Yves. Was ist ein Türke in Salzsäure?

Der Witz ist so alt, sagte Maja.

Ein gelöstes Problem, sagte Yves. Ich lachte. Wir gingen ins Barcelona. Maja tauchte gleich auf der Tanzfläche unter. Manchmal sah ich ihre Hände über den Köpfen der anderen, hörte sie kreischen, wenn ihr ein Lied gefiel.

Ich stellte mich mit Yves an einen der Marmortische. Die Türken hatten alles so gelassen, wie ich es kannte. Die fransigen Lampen, den ganzen Plüsch, sogar den geschwungenen Schriftzug über der Bar. Handgemalt von Fabians Großmutter. Sie hatte ein paar Wochen nach Kriegsende ihre Lizenz wiederbekommen und das Barcelona als erste Bar in der Stadt wiedereröffnet. Nur für Amerikaner. Dieses Jahr hätte das Barcelona hundert Jahre lang Fabians Familie gehört, und von den Bars in der Altstadt wäre keine weniger als fünfzehn Jahre in ihrem Besitz gewesen. Ich hatte Fabian in der Zeit kennen gelernt, als sein Vater ihn alle dreißig Minuten über Handy anrief, zur Schule brachte und abholte. Nach mehreren Brandanschlägen hatte der Vater aufgegeben und die Bars verkauft. Fabians Großmutter erlitt einen Schlaganfall und starb kurze Zeit später. Fabian gab den Türken die Schuld an ihrem Tod.

Ich war ins Archiv der Stadtzeitung gegangen, hatte aber nur den Nachruf für Fabians Großmutter gefunden und zwei kleine Artikel über die ausgebrannten Bars, keine Bilder, keine Hinweise über die Weiterverfolgung der Ermittlungen oder die Aufklärung der Anschläge.

Maja tanzte auf der anderen Seite der Tanzfläche auf einem Tisch. Um sie herum standen Männer und klatschten.

Ich kann nicht tanzen, sagte Yves.

Ich auch nicht, sagte ich. Schon gar nicht, wenn Maja dabei ist.

Yves zündete eine Zigarette an und gab sie mir.

Mein Freund meint, sie habe Negerblut in den Adern, sagte ich.

Yves lachte. Ich legte den Kopf in den Nacken. Tut mir Leid, sagte ich, kann mich nicht benehmen.

Mein Bruder glaubt, er hat schwarze Haut, weil er schwarzes Blut hat, sagte Yves.

Maja kam und stellte ihre Schuhe zwischen uns auf den Tisch.

Du warst im Barcelona, sagte Fabian, warum tust du mir das an?

Ich habe Majas neuen Freund kennen gelernt, sagte ich.

Du lügst, sagte Fabian.

Er hat rotes Haar, sagte ich.

Deutscher?, fragte Fabian.

Deutscher und amerikanischer Pass, sagte ich.

Das ist gut, sagte Fabian, gegen Amerika habe ich nichts, und wenn die endlich ihre Soldaten hier abziehen, guck ich mir das Land auch mal an.

Abends gingen wir ins Mai-Tai. Wir hatten zu Abend gegessen und tranken gerade unseren zweiten Cocktail, als Maja und Yves hereinkamen. Yves trug schwarze Hosen und ein schwarzes Hemd, das Jackett hatte er in der Hand. Fabian legte seine Hände auf die Tischdecke.

Gegen Neger hast du ja nichts, sagte ich.

Maja küsste mich auf die Wange. Fabian stand auf, gab ihr die Hand und setzte sich wieder.

Ich fragte, was die beiden trinken wollten.

Maja starrte Fabian an. Ich rief der Bedienung zu, wir wollen noch zwei Pina Colada haben.

Fabian griff nach seinem Glas, trank es halb leer und verschluckte sich. Ich zündete mir eine Zigarette an, schob Yves das Päckchen zu. Die Bedienung brachte zwei Pina Colada. Ich stieß mit den beiden an. Fabian hielt sein Glas umklammert, sagte prost, und begann zu lachen.

Was bist du denn?, keuchte er. Da nützt auch der deutsche Pass nichts.

Ich verstehe nicht, sagte Yves. Er nahm sich eine Zigarette. Ich gab ihm Feuer über den Tisch hinweg. Er sah mich nicht an, saß sehr aufrecht, beide Hände auf dem Tisch, die Zigarette im Mund.

Ich hatte mal einen Welpen, sagte Fabian, den wollte der Züchter umbringen, weil er kein schönes Fell hatte. Die Dame von einer Hündin hatte sich mit so einem Straßenköter eingelassen.

Na ja, mir tat das kleine Ding Leid. Ich hab's gekauft. War am Ende ein ganz schön hässlicher Köter. Aber treu, immer treu.

Maja stand auf. Kann ich bitte die Rechnung haben, sagte sie.

Das geht auf mich, rief Fabian, nehmen Sie doch wieder Platz, Madame, Sie haben ja noch gar nichts getrunken.

Yves sagte, bitte, Maja, setz dich wieder.

Ich starrte ihn an. Bitte, sagte er, setz dich.

Maja legte einen Zwanzigmarkschein unter das Glas, schob ihren Stuhl an den Tisch und ging langsam durch das Restaurant. In der Tür drehte sie sich noch einmal um, aber nur ich sah sie an. Sie mich nicht.

Oh Gott, sagte Fabian und biss sich auf die Unterlippe. Das tut mir jetzt Leid. Ich wollte Madame nicht verärgern.

Von Yves' Zigarette fiel Asche. Er strich sie vorsichtig vom Tischtuch in seine Handfläche. Ich schob ihm den Aschenbecher über den Tisch.

Fabian sagte, weißt du, warum Neger weiße Handflächen haben?

Schwarze, sagte ich.

Das ist egal, sagte Yves, dann sah er Fabian an. Warum?

Fabian griff nach meiner Hand, faltete seine Finger in meine. Er kniff die Augen zusammen. Yves Zigarette war fast bis zum Filter verglüht.

Na ja, sagte Fabian, lassen wir das. Es ist eigentlich eine blöde Geschichte.

Warum, sagte Yves und drückte die Zigarette aus, ohne den Blick von Fabian abzuwenden.

Entschuldigung, sagte ich, Entschuldigung, und stand auf.

Maja lehnte an der Hauswand vor dem Restaurant. Wo ist Yves?, fragte sie. Warum kommt er nicht raus?

Er will wissen, warum Schwarze weiße Handflächen haben, sagte ich.

Spinnt der, sagte Maja und kaute an ihrem Daumennagel.

Ich hatte meine Zigaretten im Restaurant liegen lassen.

Es hat was mit Melchior zu tun, sagte ich.

Warum bin ich bloß hergekommen, sagte Maja. Was habe ich mir dabei gedacht? Der arme Yves.

Die weißen Handflächen sind ein Geschenk vom Jesuskind, sagte ich, weil Melchior zur Krippe gereist ist, obwohl die Leute sich über seine schwarze Haut lustig gemacht hatten.

Yves ist kein Schwarzer, sagte Maja.

Erzähl keinen Scheiß, sagte ich.

Er ist doch mehr weiß als schwarz, sagte sie.

Die Restauranttür flog auf. Fabian drückte mir meine Zigaretten in die Hand und sagte zu Maja: Madame, Ihr Neger wartet drinnen auf Sie.

Fabian und ich gingen nebeneinander die Straße entlang. Die Narbe hob sich hell von der gebräunten Haut ab. Ich zündete mir eine Zigarette an.

Jetzt können wir auch nicht mehr ins Mai-Tai gehen, sagte Fabian.

Das habe ich mir schon gedacht, sagte ich. Fabian blieb stehen, packte mich an der Schulter und schlug mir aufs Handgelenk. Die Zigarette fiel auf den Boden. Was meinst du damit?, fragte er. Ich ging in die Hocke, um die Zigarette aufzuheben. Fabian zerrieb sie mit seinem Schuh. Was hast du damit gemeint?, schrie er. Ich stand auf, zündete mir eine neue Zigarette an. Nichts, sagte ich, was soll ich schon gemeint haben.

Angst

Brüderchen nahm Schwesterchen an der Hand und sprach: Seit Mutter tot ist, haben wir keine gute Stunde mehr. Komm, wir wollen miteinander in die weite Welt gehen.

Ich lag auf der Seite, mit dem Rücken zu Ben und war beinahe schon eingeschlafen, als er wieder zu reden begann. Die Teelichter flackerten.

Wir gehen über Wiesen, Felder und Steine, sagte er, und wenn es regnet, spricht Schwesterchen: Gott und unsere Herzen, die weinen zusammen.

Ich drehte mich auf den Rücken und starrte an die Zimmerdecke, von der ein Netz aus Lichterketten hing. Sie waren nicht eingeschaltet. Ben blätterte durch das Bilderbuch. Ich hatte es am Morgen in der Bücherkiste vor einem Antiquariat entdeckt. Die Seiten waren brüchig, die Zeichnungen nur zum Teil farbig. Mein Vater hatte mir das Märchen abends oft vorgelesen, und ich traute mich nie, ihm zu sagen, dass es mir Angst machte. Ben war in den Laden gegangen und hatte das Buch gekauft, obwohl ich es nicht haben wollte.

Er saß auf der Bettkante. Das Buch verströmte einen muffigen Geruch.

Wären wir Brüderchen und Schwesterchen, sagte ich, würde ich dich davon abhalten, von dem verzauberten Wasser zu trinken.

Wenn du das tust, triffst du den König nicht, sagte Ben.

Eines der Teelichter ging zischend aus.

Kein Interesse an Königen, sagte ich. Kannst du die Lichterketten einschalten?

Und wenn ich von dem Wasser getrunken und mich in ein Rehkitz verwandelt hätte, fragte Ben, würdest du dich dann nicht um mich kümmern?

Doch, sagte ich, natürlich. Ich flechte dir eine Leine aus Gräsern, wir ziehen in die Hütte im Wald, aber wenn die Jäger kommen, lasse ich dich nicht raus.

Ben lachte. Du willst den König wirklich nicht treffen, sagte er. Aber was tust du, wenn ich doch aus der Hütte entkomme? Die Jäger werden auf mich aufmerksam, ich führe sie zu dir, und der König bittet dich, mit ihm zu gehen.

Warum willst du mich unbedingt mit dem König verkuppeln?, fragte ich.

Warum ist dir ein in ein Rehkitz verwandeltes Brüderchen lieber als ein stattlicher König?, fragte Ben.

Das zweite Teelicht ging aus. Ich beobachtete den Rauchfaden, der sich zur Zimmerdecke hochschlängelte.

Wer sagt, dass der König stattlich ist?, fragte ich. In dem Buch, aus dem mir mein Vater vorgelesen hat, war der König ein kurzbeiniger, stämmiger Mann, der maisgelbes Haar hatte und einen Hut mit bunten Federn trug. Machst du jetzt bitte das Licht an?

Der König will, dass du mit ihm gehst, sagte Ben. Sonst tötet er das Rehkitz. Was dann?

So steht das da aber nicht, sagte ich.

Was dann, beharrte Ben.

Dann, sagte ich, nähme die Geschichte ihren Lauf, und wir könnten nichts daran ändern. Warum lässt du mich nicht in Ruhe?

Ben klappte das Buch zu. Ich muss mit dir reden.

Gleich geht das letzte Teelicht aus, sagte ich. Dann ist es dunkel. Ich brauche kein Licht, sagte er. Wenn du Licht brauchst, mach es selbst an.

Ich fürchte kein Unheil. Mir wird nichts mangeln. Ich öffne das Fenster und nehme den Blumenkasten rein. Auf der Straße schalten sich gelb flackernd die Laternen ein. Es ist warm. Die Luft riecht nach Knoblauch und vergammelten Zwiebeln. Ich schließe das Fenster wieder und lasse die Jalousie herunter.

Als Bens Mutter an Krebs starb, zwang mein Vater mich, auf die Beerdigung zu gehen. Ich war vierzehn. Ich wollte Pianistin werden. Bens Mutter hatte mir Klavierunterricht gegeben. Wir waren nur bis ›Für Elise‹ gekommen. Auf der Beerdigung nahm Ben mich zur Seite und sagte, sie mochte dich. Ich habe keine Ahnung, warum, aber sie hat dich wirklich gemocht.
Ben war gerade sechzehn geworden und hatte seinen Vespa-Führerschein gemacht. Er sagte, wir könnten irgendwo hinfahren. Hast du Lust?
Ich sagte, mein Vater würde das nicht erlauben.
Ben grinste. Sag deinem Vater, ich brauche dich jetzt.

Die gezackten Blätter sind braun verbrannt. Die Erdbeeren sind zusammengeschrumpft. Sie waren noch nicht ganz rot. Sie sind größer geworden, als Ben gedacht hat. Ich leere den Blumenkasten in der Mülltonne aus. Die Erde staubt. Ein feines Gewirr vertrockneter Wurzeln. Ich sehe am Haus hoch. Über mir wohnt ein Mann, der manchmal die ganze Nacht lang durch seine Zimmer marschiert. Das Lichterkettennetz über meinem Bett schaukelt dann hin und her. Ich beobachte es und warte, dass es runterfällt. In der Wohnung des Mannes brennt Licht. Hinter vielen Fenstern flackern nur die Fernseher. Auf den Balkonen stehen Bierkästen und verrostete Wäscheständer, keine Blumentöpfe oder

Gartenmöbel. Ben wollte, dass ich hier weggehe. Die Stadt verlasse. Mit ihm zusammenziehe. Ich mache die Mülltonne zu und nehme den Blumenkasten wieder mit in die Wohnung.

Nach dem Tod seiner Mutter wurde Ben auf ein Internat in die Schweiz geschickt. Dort bekam er die Nummer dreiundzwanzig. Sie war rot in seine Kleider gestickt und sollte es den Nonnen erleichtern, die Wäschestücke den einzelnen Schülern zuzuordnen. Wenn ich Ben einen Brief schickte, musste ich unter seinen Namen die Dreiundzwanzig auf den Umschlag schreiben.
Das Internat war eine reine Jungenschule. Es schneite viel in der Schweiz. Ben fuhr kein Ski. Und manchmal kam er sich vor wie in einem Gefängnis.

Wenn er Weihnachten oder im Sommer zu Hause war, holte er mich mit der Vespa und später mit seinem Auto ab. Wir gingen essen und ins Theater. Ich erzählte von der Schule, von Partys und von meinen Freunden, wollte Ben aufs Laufende bringen, aber er sagte, diese Leute sind mir egal, sie sind überflüssige Menschen, in der Not wird dir keiner von ihnen helfen.
Ich sagte, mein Vater hat Krebs.
Ben sagte, er wird nicht sterben.

Ich mache überall Licht. Dann setzte ich mich auf mein Sofa, die Schaumstofffüllung gibt so weit nach, dass meine Knie fast auf Höhe meines Gesichts sind. Benn wollte, dass ich das Sofa wegschmeiße, abholen lasse, zum Sperrmüll bringe. In meiner Bierflasche haben sich Schaumwaben gebildet, die nur langsam zerplatzen. Der Mann in der Wohnung über mir marschiert wieder.

Vom Bad durch die Küche ins Wohnzimmer und zurück. Die Küche ist hier im Haus der Raum gleich hinter der Wohnungstür. Es gibt keinen Flur. Von der Küche gehen Bad und Wohnzimmer ab. Durch das Wohnzimmer kommt man ins Schlafzimmer. Ich lege den Kopf in den Nacken und starre an die Zimmerdecke. Das Licht der Halogenlampen, die Ben an Drähten kreuz und quer durchs Wohnzimmer gezogen hat, blendet mich. Früher hat es mich nervös gemacht, wenn der Mann über mir wieder anfing, Krach zu machen. Er marschierte nicht nur, er drehte auch seine Stereoanlage voll auf, schmiss Sachen durch die Wohnung, knallte mit den Türen. Er hörte Opern. ›La Traviata‹ habe ich mal erkannt. In dieser Zeit hatte der Mann oft Besuch. Ich hörte die Lustschreie einer Frau und das Stöhnen des Mannes. Nach dem Sex begannen die beiden zu tanzen. Sie wirbelten durch das Wohnzimmer, mein Lichterkettennetz schaukelte, und ich spürte mein Herz schlagen. Seit einiger Zeit hört der Mann keine Musik mehr und knallt auch nicht mehr mit den Türen. Er marschiert nur noch. Gleichschritt, Stechschritt. Manchmal sehe ich ihn direkt vor mir, obwohl ich nicht weiß, wie er aussieht. Einen nackten Mann mit weißem Arsch stelle ich mir vor. Vielleicht trägt er eine dieser russischen Offiziersmützen auf dem Kopf, die nach der Wende eine Zeit lang am Brandenburger Tor verkauft wurden. Ich bin erleichtert, den Mann zu hören. Ohne ihn hätte ich das Gefühl, ganz allein im Haus zu sein.

In dem Sommer nach meiner Abiturprüfung holte Ben mich mit seinem Auto ab, und wir fuhren in die Schweiz. Ich hatte meinem Vater Bens Handynummer gegeben, sodass er uns ständig erreichen konnte. Außerdem wollte Ben mich sofort zurück bringen, wenn sich der Zustand meines Vaters verschlechterte.

Nachts erreichten wir die Schweizer Grenze, und die Beamten durchsuchten Bens Auto, so wie ich es als Kind einmal erlebt hatte, als ich mit meinem Vater in die DDR eingereist war. Die schweizerischen Beamten beschlagnahmten nichts, weder unsere Kassetten noch den Reiseproviant, aber die Klappe über dem Reserverad schloss nach der Durchsuchung nicht mehr richtig.

Bens Wohnung war groß und nur spärlich eingerichtet. Ein paar Regale mit Büchern und Ordnern. Schreibtisch, Drehstuhl, Faxgerät und Laptop. Unter seinem Bett entdeckte ich eine silberne Box. Ich zog sie hervor, als Ben im Bad war. Sie hatte ein primitives Schloss, so wie das eines dieser Tagebücher, die man als Mädchen geschenkt bekommt. Es gelang mir trotzdem nicht, das Schloss zu öffnen, ohne dass ich es beschädigt hätte. Ich schob die Box wieder unter das Bett.

Ben zeigte mir die Stadt und die Universität, an der er mittlerweile studierte.
Wenn sein Handy klingelte, zuckte ich jedes Mal zusammen, weil ich dachte, mein Vater riefe an, und ich war erleichtert, wenn Ben dem Anrufer auf Schweizerdeutsch antwortete. Mit dem Auto fuhren wir an einen See, von dessen Ufer aus man das Internat sehen konnte. Näher wollte Ben nicht ran. Wir wateten durchs kalte Wasser und tranken Tequila. Hinter den Bergen ging die Sonne unter. Ich stellte mir vor, mit Ben in der Schweiz zu leben. Ein sicheres Land, ein neutrales Land und von Bergen geschützt. In der silbernen Box unter Bens Bett wäre etwas, womit wir unser Geld machten. Wir würden provisorisch leben, die Wohnungen häufig wechseln, und wenn uns die Polizei er-

wischte, würden wir versuchen, sie mit dem Inhalt der silbernen Box zu bestechen.

Was ist in der Box unter deinem Bett?, fragte ich. Ben sah mich an und nahm einen Schluck Tequila aus der Flasche. Dann ließ er sich ins Wasser fallen und rief, ich ertrinke, hilf mir, ich ertrinke. Ich schrie, sei still, wir sind doch illegal in der Schweiz, wir verstecken uns hier und dürfen nicht auffallen. Sonst kriegt uns die Polizei und bringt uns zurück nach Hause.

Er nahm meine Hand. Wir setzten uns ans Ufer. Die Tequilaflasche ging langsam unter. Ich will nach Hause, sagte Ben. Ich beugte mich ganz dicht an sein Ohr und flüsterte, ich nicht. Ich will hier bleiben.

Wasserrauschen. Dumpf, durch die Wände hindurch. Der Mann steht still. Ich sehe ihn vor mir, wie er an die moosgrünen Kacheln zwischen Klo und Waschbecken gelehnt steht und die russische Offiziersmütze in den Händen hält. Das Wasser fließt weiß in die Wanne. Er benutzt kein Schaumbad. In einer Schale auf dem Wannenrand liegt ein Seifenstück, von schmutzigen Rissen durchzogen.

Wenn ich allein bin, kann ich nicht baden. Ich komme mir wehrlos vor, nackt und im Wasser, und habe ständig das Gefühl, jemand mache sich an meiner Wohnungstür zu schaffen. Sie hat einen Spion, aber keinen zusätzlichen Riegel, keine Vorlegekette. An den Wohnungstüren hier im Haus stehen nur Nummern. Aber auf das Schild an meinem Briefkasten habe ich Bens Namen neben meinen geschrieben. Niemand soll wissen, dass ich hier allein wohne. Manchmal schicke ich Ben Briefe an meine Adresse, damit auch der Postbote weiß, jemand lebt mit mir zusammen.

Als wir vom See zurückfuhren, war es schon Nacht. Die Straßen kamen mir eng vor und die erleuchteten Skilifte an den dunklen Bergen wie Himmelsleitern. Ben sagte, du kannst nicht in der Schweiz bleiben, aber wenn du willst, fahre ich mit dir zurück nach Deutschland. Ich suche mir eine andere Universität, und wir ziehen zusammen.

Ich sagte ja und schloss die Augen. Im Auto war es warm, und der Alkohol hatte mich schläfrig gemacht. Bens Handy klingelte. Ich schreckte auf. Ben beugte sich über mich, um das Handy aus dem Handschuhfach zu nehmen. Er verlor die Kontrolle über das Auto. Wir schrammten die Leitplanke entlang. Vor uns tauchte blinkend eine dieser hohen, schmalen Baustellenmarkierungen auf. Eine Sekunde später schoss sie über die Kühlerhaube, durchschlug die Windschutzscheibe und blieb zwischen den beiden Sitzen stecken. Der Wagen machte einen Ruck, stand still. Ben schaltete die Warnblinkanlage ein. Wir stiegen aus und klopften uns vorsichtig Glassplitter von den Kleidern. Ben hatte eine blutige Schramme auf der Wange. Sonst war uns nichts passiert. Er zog die Markierung aus der Scheibe. Ein anderes Auto wollte anhalten, ich winkte es weiter. Wir sagten kein Wort. Ben sah sich um. Kein Mensch weit und breit. Wir stiegen ein und fuhren weiter.

Ich wollte zu meinem Vater.

Ich sagte, bring mich sofort nach Hause.

Ben brachte mich zum Bahnhof und kaufte mir eine Fahrkarte.

Ein paar Tage später kam mein Koffer mit der Post.

Als ich ein Kind war, kaufte mein Vater mir eine kleine, würfelförmige Lampe. Hinter mattem Glas bewegten sich Plastikfische in einer blauen Flüssigkeit. Du musst keine Angst haben, sagte mein Vater. Du bist nicht allein. Du bist nie allein.

Als er krank wurde, schenkte er mir eine *Smith and Wesson*, eine silberfarbene, schwere Gaspistole. Eigentlich ein Revolver. Aber Revolver klang ihm zu sehr nach Wildem Westen.

Die Trommel lässt sich leicht aufdrücken, die Patronen gleiten wie geölt in die dafür vorgesehenen Hohlräume. Gaspatronen, Platzpatronen. Die Gaspatronen sind in kleinen Plastiksteckkästen, die Platzpatronen in einer Dose. Ich trage die *Smith and Wesson* immer bei mir. Manchmal nehme ich die Patronen aus der Trommel und drücke ab. Ich traue mich nicht, in der Wohnung zu schießen. Vielleicht würde ein Nachbar die Polizei rufen. Oder auch nicht. Das würde mich noch viel mehr beunruhigen.

Oft genügt es nicht mehr, eine Lampe anzumachen, wenn ich Angst habe. Ich habe mich an das Licht gewöhnt, wie an ein Schmerzmittel. Es hört auf zu wirken. Die Dunkelheit muss in mir sein. Ich halte die Pistole umklammert, höre mich atmen. Manchmal wache ich nachts auf, weil ich glaube, dass ich aufgehört habe zu atmen und tot bin. Ich habe nichts gegen den Tod. Aber ich will nicht im Schlaf sterben oder im Dunkeln. Das ist albern, ich weiß, aber ich will irgendwie noch etwas gesehen haben, bevor ich sterbe. Ich will am Fenster stehen und hinausschauen oder so etwas. Mein Vater ist nachts gestorben und allein. Ich hatte das Krankenzimmer nur für einen Augenblick verlassen, um mir einen Kaffee zu holen. Mein Vater hatte das Licht ausgeschaltet. Als ich die Tür aufschob und es war dunkel im Zimmer, wusste ich, dass er tot war.

Ich hole mir ein neues Bier aus dem Kühlschrank und versuche, die Flasche mit den Zähnen zu öffnen, so wie Ben es immer gemacht hat, bis er sich dabei den rechten Schneidezahn abbrach. Neben der Spüle steht der leere Blumenkasten. Nachdem Ben weg war, habe ich die Erdbeeren nicht mehr gegossen. Ben hat ein Händchen für Pflanzen. Er wünschte sich einen großen Garten mit Beeten und alten Bäumen. Ich dachte nur daran, wie viel Arbeit so etwas macht. Vater und ich haben einen großen Garten gehabt, und nur die Gerüche nach Erde, Gras und Mulch sind mir in guter Erinnerung geblieben.

In der Wohnung über mir wird das Badewasser abgelassen. Es gurgelt und zischt hinter meiner Wohnzimmerwand hinunter. Ich nehme den Flaschenöffner aus der Schublade. Bier schäumt mir über die Hand, als der Kronkorken auf den Boden fällt.

Mein Vater hat gesagt, Krebs sei eine Krankheit, eine ganz normale, manchmal vererbte Krankheit. Krebs bedeute nicht den Tod und sei keine Strafe für etwas.

Krebs ist eine Seuche, dachte ich. Krebs ist ansteckend. Bens Mutter ist tot, mein Vater wird bald tot sein, ich werde auch sterben. Mach mir jetzt keine Angst, sagte mein Vater, als hätte er meine Gedanken gelesen. Versprich mir, dass du leben wirst, dass du jedes Risiko eingehst, meinetwegen fang an zu rauchen. Im Sterben ist man dem Leben ganz nah. Aber mit dem Tod kann man nicht leben.

Ich erinnere mich, wie mein Vater nach einer Operation aus der Narkose erwachte. Er war noch an die Herz-Lungen-Maschine angeschlossen. Sie begann zu piepen, als er versuchte, selber zu atmen. Seine Augen wurden groß, er versuchte, die Hände zu heben und wollte sich den Schlauch aus dem Hals ziehen. Er hatte das Gefühl zu ersticken. Der Arzt sagte, das sei ein subjektives Gefühl, mein Vater bekäme genug Sauerstoff.

Ich bestand darauf, dass man ihm den Schlauch aus dem Hals zog, und mein Vater atmete selber.

Ich stelle mir den Tod als etwas vor, das man riechen und spüren kann, das ein Geräusch macht, wenn man nachts allein durch die Stadt geht, und wenn man stehen bleibt und sich umdreht, sieht man nichts, aber die Stille ist unheimlich.

Auf der Straße ziehen ein paar grölende Jugendliche vorbei. Irgendetwas geht klirrend zu Bruch. Ich traue mich nicht, ans Fenster zu gehen und nachzuschauen, was es ist. Ben hat immer gefragt, wie es möglich sei, dass ein so ängstlicher Mensch, wie ich es bin, in so eine Gegend zieht.

Ich gehe ins Bad und sehe mir im Spiegel beim Biertrinken zu. Die Schritte des Mannes über mir beruhigen mich. Nach dem Tod meines Vaters konnte ich unser Haus nicht mehr ertragen. Den Garten nicht und die Beete. Ich habe einfach die erste Wohnung genommen, die man mir anbot.

Der Arzt hat gesagt, mein Vater sei friedlich entschlafen. In Wirklichkeit hat er das Licht ausgeschaltet und mich allein gelassen. Und friedlich ist in einem Krankenhaus nichts.

Ich frage mich, wo Ben jetzt ist, warum er nicht ans Telefon geht, mich nicht zurückruft, obwohl ich ihm schon unzählige Male auf den Anrufbeantworter gesprochen habe. Er hat sein Studium in der Schweiz abgeschlossen und schreibt jetzt in Berlin an seiner Doktorarbeit. Als man ihn vor einem Jahr doch noch zum Bund einziehen wollte, ist er für ein paar Monate nach London abgehauen. Er wollte nicht im Gleichschritt marschieren. Er hält nichts von Waffen und Krieg. Jetzt ist er alt genug, um nicht mehr eingezogen zu werden. Ich habe nichts gegen Waffen. Man braucht sie, um sich zu verteidigen. Kriege werden mit Waffen und nicht mit Worten gewonnen. Ben hat gesagt, es kommt zu Konflikten, weil Menschen nicht miteinander sprechen. Das ist Unsinn. Wenn ich mit Ben spreche, spüre ich erst, wie fremd wir uns sind. Wenn er aber neben mir liegt, seine Augenlider im Schlaf flattern, seine Hände sich in die Bettdecke krallen, dann ist er ein Mensch, den ich liebe.

Ich lege den Kopf in den Nacken. Der Mann über mir läuft immer schneller. Die Decke knarrt und knackt. Es würde mich nicht wundern, wenn sie einen Riss bekäme, die Halogenlampen herunterfielen und an ihren Drahtseilen durchs Zimmer schwingen würden. Dann ein Geräusch, als würde der Mann gegen die Wand laufen, mit den Handflächen dagegen schlagen, trommeln, mit den Fäusten. Der Lärm scheint an meiner Wohnzimmerwand herunterzukollern.

Es klingelt. Ich zucke zusammen. Die Klingel hat einen schrillen, synthetischen Ton. Ich schleiche durch die Küche an die Wohnungstür und schaue durch den Spion. Im Flur geht das Licht aus. Ein Augenblick nur, dann flackert es wieder auf. Vor der Tür steht eine rothaarige Frau.

Hey, sagt sie und kommt so nah an den Spion, dass ich ihr Gesicht nicht mehr sehen kann. Hey, mach mal auf. Ich habe doch gehört, dass du da bist.

Ich umschlinge mich mit beiden Armen. Ich friere.

Ich wohne neben dir, sagt die Frau. Ich bin vor zwei Tagen eingezogen.

Ich gehe ins Wohnzimmer und nehme die *Smith and Wesson* vom Tisch.

Die Frau klingelt wieder. Ich schließe auf und halte die Pistole hinter der Tür versteckt. Die Frau ist älter als ich, Mitte dreißig vielleicht. Sie trägt ein langes T-Shirt und Birkenstocksandalen. Ihre Beine sind nackt und weiß.

Ich bin Linne, sagt sie.

Und?, frage ich.

Sag mal, spinnt der da oben? Sie macht eine Kopfbewegung zur Flurdecke, die mit faserigen Platten verkleidet ist. Ich zucke mit den Schultern.

Wollen wir nicht mal zusammen hochgehen und klingeln?, fragt Linne.

Nein, sage ich und versuche, die Tür zuzumachen, aber Linne schiebt ihren Fuß dazwischen.

Der Typ macht immer so einen Krach, sage ich.

Wenn das nicht aufhört, rufe ich die Polizei, sagt sie.

Die wird dir nicht helfen, sage ich.

Das Licht geht aus. Ich mache die Tür zu, als Linne es wieder einschaltet. Ich schließe ab und schalte die Neonröhre über dem Herd aus.

Der König ist tot, hat Ben gesagt. Brüderchen und Schwesterchen leben.

Ich stand auf, um die Lichterkette über dem Bett anzumachen.

Wir sind nicht Brüderchen und Schwesterchen, sagte ich. Und mit dem König haben wir nichts zu tun.

Wir leben, sagte Ben. Lass uns weggehen, lass uns irgendetwas Besonderes machen, du und ich, zusammen. Der König ist tot. Er wird nicht kommen, um dich zu holen.

Ich verstand nicht, wie er das meinte. Denkst du, dass ich sterben will?, fragte ich.

Du fängst an, mir Angst zu machen, sagte Ben. Du kommst nicht aus diesem Dreckloch hier raus. Wenn ich dich irgendwohin mitnehme, klebst du an mir wie eine Klette oder sitzt einfach rum und starrst vor dich hin. Dann bringe ich dich wieder hierher zurück. Alles bleibt beim Alten. Du hast an nichts ein Interesse. Wenn du weinst, sagst du mir nicht mehr, warum. Wenn du schlecht geträumt hast, erzählst du mir nicht mehr, wovon.

Es hat keinen Sinn, sagte ich. Du verstehst nicht, wovon ich spreche. Du hörst zu und denkst, das würde genügen.

Ben nahm die *Smith and Wesson* vom Nachttisch und schob sich die Mündung zwischen die Lippen. Ich erstarrte. Er drückte ab. Klick. Die Trommel drehte sich. Er schmiss die Pistole aufs Bett. Ich habe die Patronen rausgenommen, sagte er. Schon vor Wochen.

Bist du bescheuert, sagte ich.

So wie es aussieht, sagte Ben, würdest du dich mehr mit mir beschäftigen, wenn ich tot wäre.

Gestern habe ich ein Päckchen von ihm bekommen. Darin war die silberne Box, die in der Schweiz unter seinem Bett gestanden hat. Das Schloss war noch dran. Ben hatte keinen Schlüssel beigelegt. Ich brach es auf. In der Box waren Fotos von seiner Mutter, Notenblätter, Briefe von mir und Postkarten. Auf einem Zettel stand: Und ob ich schon wanderte im finsteren Tal, fürchte ich kein Unheil, denn du bist bei mir.

Immer wieder der gleiche Satz, der ganze Zettel war damit voll geschrieben. Ich erkannte die Schrift nicht. Vielleicht gehörte sie Bens Mutter.

Plötzlich ist es ganz still. Dann fängt der Mann an zu schreien. An meiner Wohnungstür klingelt es Sturm. Ich stecke mir die Pistole in den Hosenbund und öffne die Tür. Linne sagt nichts, deutet nur mit dem Zeigefinger über sich und starrt mich an.
Scheiße, Scheiße, Scheiße, schreit der Mann.
Linne und ich gehen durch den Flur, vorbei an einer Reihe verkratzter Türen mit dunklen Spionen. Über den Klingeln stehen keine Namen, nur Nummern. Ben ist oft an meiner Tür vorbeigegangen. Er hat mir Fußmatten und Türkränze mitgebracht, aber ich habe ihm gesagt, dass ich nicht auffallen will. Im Treppenhaus sind die Fenster gekippt, Fliegen krabbeln über die Scheiben, und von draußen kommt dieser Gestank herein, Knoblauch und vergammelte Zwiebeln. Der Mann schreit, Scheiße, Scheiße, Scheiße.
Wir sollten die Polizei rufen, sagt Linne.
Quatsch, sage ich.
Die Tür des Mannes ist frisch gestrichen. Man sieht deutlich die Spuren des Pinsels. Ich zucke zusammen. Über der Klingel steht die Nummer dreiundzwanzig.
Ist was?, fragt Linne.
Nichts, sage ich.
Sie klingelt. Der gleiche synthetische Ton. Der Mann hört auf zu schreien. Linne klopft mit der Faust gegen die Tür. Hey, ruft sie, alles in Ordnung mit dir?
Der Mann gibt keine Antwort.

Linne schaut mich an. Was machen wir jetzt?

Ich zucke mit den Schultern. Ich will zurück in meine Wohnung.

Linne legt eine Hand über den Spion. Licht ist an, sagt sie.

Ich stelle mir vor, wie sie an meiner Tür steht und die Hand über meinen Spion legt, mich auskundschaftet, wie sie nach kurzer Zeit weiß, dass ich Ben Briefe an meine Adresse schicke, obwohl er nicht bei mir wohnt.

Ich taste nach der *Smith and Wesson*.

Ist was?, fragt Linne.

Ich drehe mich abrupt um und laufe zurück in meine Wohnung.

Spinnt ihr hier denn alle total?, schreit Linne mir nach.

Ich schlage die Wohnungstür zu, schalte alle Lichter aus und kauere mich in eine Zimmerecke. Es ist stickig und warm. Ich höre Linne den Flur entlangkommen. Mein Herz schlägt mir bis zum Hals hoch. Sie soll nicht klingeln. Bitte, sie soll nicht klingeln. Ich höre, wie sie ihre Wohnungstür aufschließt.

Die Dreiundzwanzig gehört Ben. Was würde er sagen, wenn er wüsste, dass sie die Wohnungsnummer des Mannes über mir ist? Zufall. Er würde meine Hand nehmen und sie betrachten, als könne er in ihr lesen, als erzähle sie ihm etwas, das er von mir nicht erfährt. Und es käme mir wieder so vor, als sei sie losgelöst von mir und irgendwie ein Verräter. Die Dreiundzwanzig gehört mir nicht, würde er sagen. Und das Internat liegt lange zurück. Vielleicht würde er mich bitten, mit ihm die gestickte Zahl aus seinen Kleidern zu ribbeln. Nein, das würde er alleine machen, dafür bräuchte er mich nicht, auch wenn er das behaupten würde. Wir bauen ein Haus und werden einen Garten haben. Das Haus wird auf einer Drehscheibe stehen, so dass wir immer nach Süden schauen, egal, in welchem Raum wir uns aufhalten. Und im Garten werden wir Scheinwerfer haben, so dass es auch nachts taghell ist, und du musst dich nie wieder fürchten.

Ich hätte wissen sollen, dass wir nicht zusammenbleiben würden. Es gibt keine Häuser auf Drehscheiben. Und was für ein Ort wäre das gewesen, an dem sich kein Nachbar von unseren Scheinwerfern gestört gefühlt hätte?

Die Stille ist mir unheimlich. Der Mann über mir bewegt sich nicht mehr, macht kein Geräusch. Ich stehe auf, taste mich durch die Küche, lausche durch die Wohnungstür hindurch. Vorsichtig drehe ich den Schlüssel im Schloss, lausche wieder, taste nach meiner Pistole. Ich mache die Wohnungstür auf. Am Ende des Flurs leuchtet das Notausgangschild. Ich gehe vorsichtig darauf zu, dann durchs Treppenhaus ein Stockwerk höher. Ich finde die Wohnung dreiundzwanzig, ohne zu zählen, ohne etwas zu sehen. Ich bleibe neben der Tür an die Wand gelehnt stehen. Es ist nichts zu hören. Ich trete vor die Tür und lege eine Hand über den Spion. In der Küche brennt kein Licht. Ich höre ihn atmen. Er muss direkt hinter der Tür stehen. Vielleicht kann er meinen Herzschlag hören. Ich ziehe die Pistole aus meinem Hosenbund. Meine Hände sind feucht.

Hallo, flüstere ich. Bist du da?

Was willst du? Seine Stimme klingt rau.

Ich schweige. Höre ein Summen. Hinter mir. Ich sehe mich um. Das Notausgangschild flackert.

Hallo?, flüstert der Mann. Warum machst du kein Licht? Ich kann dich nicht sehen.

Hat er Angst? Ich schiebe die Pistole wieder in meinen Hosenbund.

Du hast so geschrien, sage ich. Ist alles in Ordnung?

Warst du eben schon mal da?, fragt der Mann.

Mit meiner Nachbarin, sage ich. Jetzt bin ich allein.

Ich zucke zusammen und taste nach der Pistole. Dann muss ich kichern.

Was ist los?, fragt der Mann.

Das ist albern, sage ich.

Mach das Licht an, sagt er. Dann schließe ich auf.

Ich taste nach dem Schalter, ohne den Blick von der Tür zu wenden. Der Klingelton lässt mich zusammenfahren. Ich höre den Mann lachen. Er schließt die Tür auf. Ich finde den Lichtschalter. Der Mann sieht nicht aus wie Ben und hat keine Offiziersmütze auf. Er trägt Jeans und ein enges schwarzes T-Shirt. Sein dunkles Haar fällt ihm über die Ohren und ins Gesicht. Er ist nicht älter als fünfundzwanzig.

Du machst einen ganz schönen Krach, sage ich.

Tut mir Leid, sagte er. Bis heute hat sich nie jemand beschwert. Willst du reinkommen?

Die Neonröhre über dem Herd ist nicht an, aber im Wohnzimmer brennen Kerzen. Es müssen Duftkerzen sein. Die Luft riecht nach Fruchtaroma.

Ich gehe nie in fremde Wohnungen, sage ich.

Und nicht mit fremden Männern, sagt er. Du lässt dir keine Schokolade schenken und wenn du ein Date hast, bezahlst du dein Essen selbst. Aber du klingelst nachts an fremden Türen.

Ich verschränke die Arme vor der Brust. Ich habe mir Sorgen gemacht.

Ich habe zu viel Energie, sagt der Mann. Ich muss mich irgendwie abreagieren.

Er grinst. Würdest du ein Glas Wein mit mir trinken? Ich mache auch eine neue Flasche auf, falls du fürchtest, ich könnte ihn irgendwie vergiftet haben.

Er holt eine Flasche aus dem Kühlschrank und gibt mir zwei Gläser.

Ich entkorke sie vor deinen Augen, sagt er, und schenke vor deinen Augen ein. Prost.

Prost, sage ich.

Bist wohl eine von der ängstlichen Sorte, sagt er.

Eigentlich nicht, sage ich.

Er lacht. Ich stehe im Flur. Er lehnt im Türrahmen. Wenn das Licht ausgeht, schalte ich es wieder ein. Er dreht sein Glas zwischen den Händen. Kurz bevor sie zugeht, stößt er die Tür immer wieder mit dem Ellenbogen auf.

Gleich fällt dir das Glas runter, sage ich.

Gleich fällt die Tür zu, sagt er.

Ich trinke meinen Wein aus.

Wollen wir ein bisschen rausgehen?, fragt er. Einfach rumlaufen, vielleicht finden wir 'ne Kneipe, ich renn hier sonst noch die Wände ein.

Ich verlasse das Haus nicht so gern, sage ich.

Der Flur stinkt nach Pisse, sagt er, und in meine Wohnung willst du nicht kommen.

Das stimmt, sage ich. Er stellt die Weingläser ins Spülbecken und steckt sich ein Päckchen Zigaretten in die Hosentasche.

Auf dem Gehweg liegen braune Bierflaschenscherben. In einem Hinterhof wird gefeiert. Es riecht nach gegrilltem Fleisch und vergammelten Zwiebeln.

Dieser üble Geruch, sagt der Mann, kommt vom Kanal. Da wächst so ein komisches Kraut. Angeblich kann man es essen.

Das will ich im Leben nicht essen, sage ich.

Wir gehen über die Eisenbahnbrücke. Er zündet sich eine Zigarette an und hält mir das Päckchen hin. Ich schüttele den Kopf. Eine Straßenbahn fährt vorbei. Ein betrunkener Mann kommt auf uns zu. Wir wechseln die Straßenseite. Scheißgegend, sagt er.

Der Herr ist mein Hirte, sage ich. Ich fürchte kein Unheil.

Heißt es nicht Unglück?, fragt er.

Ich nehme ihm die Zigarette aus der Hand, ziehe daran und gebe sie ihm zurück. Er bleibt kurz stehen und schließt die Augen. Dann sagt er: Und ob ich schon wanderte im finsteren Tal, fürchte ich kein Unglück.

Denn du bist bei mir, sage ich.

Er lacht. Dein Stecken und Stab trösten mich.

Ich ziehe die Pistole unter meinem T-Shirt hervor und sage, ich kann auf mich selbst aufpassen.

Ist die geladen?, fragt er.

Ja, sage ich und drücke ab. Der Knall zerreißt mir fast das Trommelfell. Gas schlägt mir ins Gesicht. Meine Augen brennen. Ich bekomme keine Luft mehr. Er packt mich am Arm und beginnt zu rennen. Ich stolpere blind hinter ihm her, den Griff der Pistole fest umklammert. Meine Ohren sirren. Er bleibt so plötzlich stehen, dass ich auf die Knie falle. Die Pistole schlittert über das Kopfsteinpflaster. Wasser läuft mir über den Kopf. Ich schlage es mir ins Gesicht, höre ihn lachen und ein schmatzendes Geräusch und immer wieder das Klirren von Metall. Nach einer Weile öffne ich vorsichtig die Augen. Ich sitze unter einer dieser alten Wasserpumpen, die hier an fast jeder Straßenecke stehen. Seine

Haut und seine Augen sind gerötet, mit einer Hand spritzt er sich Wasser ins Gesicht, mit der anderen pumpt er weiter. Er lacht.

Das ist ja eine verdammt sichere Sache, sagt er. Mit dir an meiner Seite fühle ich mich gleich viel beschützter.

Danke, danke, das reicht, sage ich und streiche mir das nasse Haar aus dem Gesicht. Meine Augen brennen wie wahnsinnig, meine Lippen fühlen sich hart und rissig an. Er hört auf zu pumpen und setzt sich neben mich. Das Wasser steht in den Rillen zwischen den Pflastersteinen. Die Pistole schimmert silbern im Licht einer Straßenlaterne. Scheiße, sage ich. Scheiße, Scheiße. Er legt einen Arm um mich und sagt, ich würde dir ja gerne eine Zigarette anbieten, aber die sind jetzt nass.

Vielleicht hat noch 'ne Kneipe offen, sage ich.

Die Leute werden denken, wir kommen direkt aus 'nem Krisengebiet, sagt er, so wie wir aussehen.

Stimmt doch auch, sage ich und stehe auf. Er hält mir die Hand hin. Ich ziehe ihn hoch.

Das Camp

Jake kommt aus dem Camp zurück, in dem sie Jungen wie ihm Manieren beibringen. Gehorsam und Disziplin. Die Dreckwäsche gehört in den Korb, die saubere auf den Bügel oder ordentlich gefaltet ins Fach, und niemand muss Jake mehr erklären, dass sofort auch sofort heißt. Er ist siebzehn geworden. Sein Haar ist abrasiert. Er ist wach, bevor der Wecker klingelt. Ich höre, wie er aufsteht, das Fenster hochschiebt. Der Fußboden knarrt. Jake macht sein Bett, zieht das Decklaken straff über die Matratze, schüttelt das Kissen auf, dann nimmt er das Tuch vom Vogelkäfig. Der Wellensittich plustert sich, winzige, weiße Federn fliegen, Jake sammelt sie einzeln auf. Der Wecker klingelt. Jake macht ihn aus und geht duschen. Vielleicht darf er die Nachbarstochter bald wieder treffen.

Kurz bevor Jake ins Camp geschickt wurde, brachte er unserem Wellensittich drei Wörter bei. Jake war in die Tochter der Nachbarin verliebt. Bevor er ins Camp musste, durfte er sie nicht mehr sehen, und vom Schulunterricht war er suspendiert. Er saß vor dem Käfig, die großen Hände unterm Kinn gefaltet, seine Nase, die Mutter Kartoffel nennt, glänzte, und das Haar hing ihm in Wellen über die Ohren. Jakes Haar sah immer aus wie schon mal geschnitten, aber nie, als sei es gerade geschnitten worden.

Eigentlich brachte er dem Wellensittich nur ein Wort bei, aber das so unterschiedlich betont, dass es wie dreimal Verweigerung klang. Der Wellensittich sagte, no, no, no, und Jake belohnte ihn mit einer Rispe.

Jake spielt kein Basketball mehr. Der Korb hängt vor der Garage, und der Aufdruck Chicago Bulls ist über den Sommer verblichen. Jake trägt eine Flasche Wasser am Gürtel. Die Flasche ist verschmiert von seinen Fingern, die den Tag über nach ihr tasten, sie manchmal umklammern. Jake trinkt das Wasser erst abends, bevor wir zu Bett gehen. Ich sage, schütt' es doch weg und nimm neues. Er schüttelt den Kopf. Wasser ist kostbar.

Das mit der Wasserflasche verwirrt mich. Ich pumpe den schwarzbraunen Basketball neu auf und lege ihn in Jakes Zimmer. Er beachtet ihn nicht. Als er ins Bad geht, öffne ich die Wasserflasche, rieche daran, befühle den Verschluss, das Metall, die Lederschlaufe, durch die man den Gürtel zieht. An der Flasche ist nichts Besonderes. In der Flasche ist wirklich nur Wasser. Ich dribble den Basketball durchs Zimmer. Lass das, sagt Jake. Er steht da in Boxershorts und T-Shirt, schiebt das Fenster auf und schmeißt den Ball in den Garten.

Wenn ich in die Höhle will, muss ich durch Jakes Zimmer gehen. Unsere Eltern haben ein Kind zu viel, wenn man in Zimmern rechnet.

Vater hat ein Fenster in die Wand des Ankleidezimmers gebrochen, als Jake auf die Welt kam. Das Ankleidezimmer nennen wir Höhle.

Sie hat Jake gehört, bevor er ins Camp kam. Mutter blieb meistens in meinem Zimmer hängen, wenn sie zu ihm wollte. Bei mir gab es genug zu bekritteln, genug Kleider auf dem Fußboden und zerknickte Seiten von Schulbüchern. Jakes schwarze Jalousie hat Mutter heruntergerissen. Ich wohne jetzt in der Höhle. Gegen das Fenster schlagen die Zweige des Kastanienbaums, und nur der Geruch im Zimmer erinnert an meinen Bruder.

Aus dem Zimmer, das früher mir gehörte, ist keine Höhle zu machen. Mutter denkt, Jake hat sein Recht auf die Höhle verspielt. Sein Schreibtisch mit dem Computer darauf steht jetzt im Wohnzimmer, und Vater kontrolliert alle Dateien und E-Mails.

Gehorsam und Disziplin. Das Camp war Mutters Idee. Ehemalige Soldaten und Polizisten bringen Jungen zurück auf den richtigen Weg. Der richtige Weg führt durch die Wüste. In dem Camp war im Vorjahr ein Junge verdurstet. Oder am Hitzschlag gestorben, ich weiß nicht genau. Aber das Camp war wieder geöffnet worden, und Mutter meinte, deswegen sei es in Ordnung. Jake ging freiwillig. Zumindest erzählen unsere Eltern das den Nachbarn. Die sollen beruhigt werden und Jake wieder ins Herz schließen. Ins Herz schließen. Das sagt Mutter immer. Eigentlich hat Jake das verspielt. Aber die Nachbarn müssen nicht wissen, dass Mutter so denkt.

Der Swimmingpool ist abgedeckt. Auf der Plane klebt Laub. In der Sonne verdampft der Regen der letzten Nacht. Jake geht im Garten spazieren, die Hände in den Taschen, die Augen auf seine Füße gesenkt. Er schiebt die Füße durchs Gras, schiebt, schiebt, dass seine Zehen von Erde verklebt sind. Ich frage, was machst du?
Er zuckt zusammen, hebt den Kopf, sieht über meine Schulter zum Haus hin, setzt sich auf eine der Gartenliegen, steht wieder auf. Der Vogelkäfig steht neben dem Ahornbaum. Die Wurzeln des Ahornbaums haben die Erde durchbrochen. Der Käfig steht schief.
Die Käfigtür ist offen. Jake hebt die Arme, als wolle er sich stre-

cken, legt den Kopf in den Nacken und schaut in die Krone des Ahornbaums. Bist du verrückt, flüstere ich und mache die Käfigtür zu. Der Vogel ist frei, sagt Jake. Ich trage den Käfig zurück ins Haus. Jake schlurft hinter mir her. Auf der Veranda kniet er sich hin und wischt mit der Hand seine Füße sauber.

In der Küche ist es sehr kalt. Der Boden verströmt den Geruch zitroniger Seife. Ich bringe den Käfig in meine Höhle. Jake bleibt in seinem Zimmer stehen. Seit dem Camp legt er sich nur noch abends zum Schlafen aufs Bett. In seinem Zimmer steht kein Stuhl mehr, kein Schreibtisch. Jake dreht den Verschluss der Wasserflasche auf, riecht in die Öffnung und nimmt einen Schluck.

Im Camp, sagt er, haben wir nichts Besonderes getan. Wir sind gejoggt, geklettert und haben Liegestütze gemacht. Jake sagt, es war wie eine große Sportveranstaltung. Er lächelt mich an. Ich höre Mutters Wagen die Auffahrt hochkommen. Das Garagentor öffnet sich quietschend. Muss ich ölen, sagt Jake. Ich öffne die Käfigtür wieder und laufe die Treppe runter. In der Haustür stoße ich mit Mutter zusammen. Der Vogel ist weg, sage ich, der Vogel hat sich befreit, und ich kann ihn nicht finden.

Mutter sieht sich den Käfig an, schließt und öffnet das Türchen. Ein geschickter Vogel, sagt sie.

Wir suchen ihn zuerst in der Höhle, dann in Jakes Zimmer. Mutter öffnet den Kleiderschrank, zieht alle Schubladen auf, sucht unter dem Bett. Er muss hier ja irgendwo sein, sagt sie. Wir durchsuchen alle Zimmer nach dem Wellensittich. Jake trägt die braunen Einkaufstüten aus dem Auto ins Haus. Im Wohnzimmer entdecke ich einen Belüftungsschacht, dessen Gitter fehlt. Mutter findet es hinter dem Sofa. Sie zieht sich die Schuhe aus und steigt auf die Lehne. Die Klimaanlage rauscht. Mutter schaut kurz in den Schacht und steigt wieder vom Sofa. Das ist eine Schweinerei, sagte sie. Wenn er da reingeflogen ist, fängt es spätestens dann an zu stinken, wenn wir von Klimaanlage auf Heizung umstellen.

Ich setze mich aufs Sofa. An der Wand hängt ein riesiges Ölbild, auf dem Spatzen von einem reich gedeckten Tisch Krümel aufpicken.

Jake steht in der Wohnzimmertür, die Arme vor der Brust verschränkt. Mutter sagt, er soll den Käfig reinigen und in den Keller bringen. Der Vogel ist weg.

Ich schneide Bilder aus Zeitschriften aus und klebe sie zu einer Geschichte zusammen. Es ist gut, dass die meisten Models blondes Haar haben und sich ähneln. Ich mache sie alle zu einer Frau und klebe ihr Wohnungen, Einkaufszettel und Reisen zusammen. Als Jake in die Höhle kommt, klebe ich meine blonde Frau gerade in die Hochzeit eines britischen Popstars.

Mutter hat jemanden bestellt, der die Lüftungsschächte reinigen soll, sagt Jake.

Und wenn schon, sage ich. Jake setzt sich zu mir auf den Boden und streicht die Papierschnipsel mit beiden Händen zu einem Haufen zusammen. Du bist mein Bruder, sage ich. Er sagt, dein Bruder hat drei Stunden lang Kiesel gekotzt.

Er wirft die Papierschnipsel in den Papierkorb. Sie haben uns Dreck fressen lassen, sagt er.

Meine Blondine trägt einen Bikini, den Mutter mir nie erlauben würde. Ich durchblättere die Zeitschriften nach einem Strand.

Hast du Mama davon erzählt?, frage ich.

Ja, sagt Jake. Die Kastanienzweige schlagen gegen das Fenster. Die Höhle steht wie unter Wasser. Das Licht sieht nach Regen aus, nach Gewitter und nach einem Geruch, der den Sommer zur Strecke bringt. Jake geht zurück in sein Zimmer. Ich schiebe das Fenster auf. Der Wind blättert durch meine Zeitschriften. Der Wellensittich konnte nicht richtig fliegen. Seine Flügelschläge waren schnell und unbeholfen. Er flog nur, wenn man ihn erschreckte, flatterte, stieß gegen die Wände, streifte die Bücherregale, ließ sich schließlich schwer atmend irgendwo nieder und wartete, dass man ihn in den Käfig zurücktrug. Der Wellensittich kam nur aus dem Käfig heraus, wenn man ihn mit Körnern und Rispen lockte.

Ich stoße die Tür auf. Jake steht in der Mitte seines Zimmers, die Arme vor der Brust verschränkt, als habe er nur darauf gewartet, dass ich hereinkomme. Ich will sagen, er wollte nicht aus dem Käfig heraus. Er kann nicht in Freiheit leben. Du solltest ins Camp zurück. Sie sollen dich wieder ins Camp schicken. Ich will sagen, ich hasse dich, aber als ich ihn da so stehen sehe, mit verschränkten Armen, kann ich nichts sagen und mache die Tür wieder zu.

Jeden Tag rasiert Jake sich den Kopf. Er hat einen hässlichen Kopf. Er erinnert mich an die tiefgefrorenen Hühnerleichen, die Mutter in den Tiefkühltruhen im Keller hortet. Wir haben drei Tiefkühltruhen und können ein paar Monate Krieg überleben. Zumindest was das Essen angeht. Seit Dezember haben wir Notstromaggregate. Mutter hatte Angst vor dem Jahreswechsel. Sie glaubte an die ganzen Chaostheorien über das Jahr 2000. Sie war beinahe ein wenig enttäuscht, als es nicht einmal einen Schneesturm gab.

Erst im März kam die Katastrokphe, und die hatte nichts mit dem Jahreswechsel zu tun. Jake fuhr Mutters Kombi kaputt und verletzte dabei die Tochter der Nachbarin, mit der er sich heimlich getroffen hatte. Die Tochter der Nachbarin hatte Ausgehverbot, wegen der Schnapsflasche unter ihrem Bett und den Zigarettenstummeln, die ihre Mutter in einer Plastikdose gefunden hatte. Jake war betrunken, als er den Kombi zu Schrott fuhr. Im Kofferraum fand die Polizei zwei Reisetaschen und eine Kiste Rotwein. Die Nachbarstochter sagte, sie hätten sich nach New York absetzen wollen. Und Jake hatte mit ihr geschlafen. Das konnte die Mutter im Tagebuch ihrer Tochter nachlesen.

Jake wurde von der Schule suspendiert, und unsere Mutter las in der Zeitung über das Camp. Im Camp rasierte man Jake das Haar ab. Es würde nachwachsen. Jake will nicht, dass es nachwächst.

Nach der Schule arbeite ich in einem Schnellrestaurant. Jake bringt mich dahin, und manchmal bleibt er auf der Bank vor der Eingangstür sitzen, bis ich Schluss habe. Ich bringe eine große Packung Eiscreme mit, wir sitzen nebeneinander und löffeln Vanilla Fudge oder Caramel Bomb. Ich sage, das Camp war doch kein Sportfest.

Er sagt, nein. Das ist alles. Er drückt den Löffel tief in die Eiscreme, versucht, einen großen Klumpen herauszuhebeln, der Löffel bricht ab. Wir essen mit meinem weiter.

Der Herbst zieht sich hin. Gewitter machen die Luft schwer. Auf der Abdeckplane des Pools steht Wasser. Das Laub überzieht den Rasen wie eine feuchte, fleckige Haut. Jake harkt es in schnellen, kräftigen Zügen zu Haufen zusammen. Ich sitze am Küchenfenster und beobachte ihn. Er will keine Hilfe haben. Jake kniet im Gras, fährt mit beiden Armen in einen Laubhaufen und stopft die Blätter in einen Plastiksack. Die Plastiksäcke sind leuchtend orange und haben eine schwarze Kürbisfratze auf der Vorderseite. Wenn einer voll ist, verschnürt Jake ihn und trägt ihn vors Haus. Jake harkt auch die Gärten der Nachbarn, zuletzt den der Nachbarin, und die Tochter bringt ihm einen Becher Kaffee, den er trinkt, obwohl er Kaffee nicht mag. Die Tochter verschwindet gleich wieder ins Haus. Jake stellt den Becher auf die Veranda. Der Rasen liegt nun fett und grün in der Sonne. Wenn der Wind ein paar Blätter von den Bäumen reißt, sammelt Jake sie mit der Hand auf. An der Straße stehen die Kürbisfratzensäcke wie zum Beweis für irgendetwas. Unsere Eltern sind stolz. Die Nachbarin sagt, Jake darf sich wieder mit ihrer Tochter treffen. Die will sich nicht mehr mit Jake treffen. Die hat einen Freund, von dem ihre Mutter nichts weiß. Er hat einen kahl geschorenen Schädel wie Jake und war schon zweimal im Camp. Jake grüßt ihn nicht. Als die Nachbarstochter zu ihrem Freund ins Auto steigt, schreit Jake: Das darfst du nicht! Das werde ich deiner Mutter erzählen! Die Tochter der Nachbarin kurbelt das Autofenster herunter. Sie macht eine Handbewegung, als würde sie Jake erschießen. Ich zerre ihn ins Haus. Er hat den Rechen noch in der Hand, starrt aus dem Fenster, aber das Auto und die Nachbarstochter sind weg.

Kurz vor Weihnachten wird das Camp geschlossen. Es schneit. Der Schneesturm, den Mutter schon lange erwartet hat, wird angekündigt. Die Tiefkühltruhen sind gefüllt mit gefrorenen Hühnerleichen. Über den Fernsehbildschirm rennen Jungen mit rot verbrannten Schädeln, angetrieben von einem Mann in einem T-Shirt und tarnfarbenen Hosen. Wasser ist eine Belohnung. Ein Bild des im Vorjahr verdursteten Jungen wird eingeblendet. Seine Eltern weinen auf einer weihnachtlich geschmückten Veranda. Und dann werden die dunkel verfärbten Zehen eines elfjährigen Jungen gezeigt. Die Ärzte müssen sie amputieren. Auf dem Fernsehbildschirm sieht der Schnee dunkel aus. Die Hütten, in denen die Jungen geschlafen haben, waren nicht beheizt. Der Junge musste barfuß durch den Schnee laufen. Wie lange, daran kann er sich nicht erinnern. Jake will nichts davon wissen. Mutter schaltet den Fernseher aus. Jake kauft mit Vater zusammen den Weihnachtsbaum. Wir legen die blinkend bunten Lichterketten um die Zweige und bewerfen uns mit Lametta. Jake lacht, und das Haar auf seinem Schädel fühlt sich an wie die Schuhputzbürste. Abends sitzen wir zu zweit in der Höhle, essen Kekse und trinken Honigmilch. Jake sagt, weißt du noch, wie wir einmal nachts auf Expedition gegangen sind, den Schlitten mit gefrorenen Hühnchen und Decken bepackt. Eine Streife hat uns nach Hause gebracht, Mama packte die Hühner zurück in die Tiefkühltruhe und uns ins Bett.

Ich kann mich nicht daran erinnern, aber das sage ich nicht. Jake zieht eine Grimasse und geht zu Bett. Die leeren Milchgläser stehen auf meinem Schreibtisch. Die Kekskrümel bleiben unter meinen Füßen kleben.

Nachts wache ich auf. Ein paar Minuten liege ich wie erstarrt in meinem Bett und lausche. Die Äste des Kastanienbaums reiben über die Fensterscheibe. Sonst ist es still. Ich stehe auf, öffne die Tür. Jake ist nicht da. Sein Bett ist gemacht, die Decke straff über die Matratze gezogen, das Kopfkissen liegt aufgeschüttelt am Kopfende. Ich schleiche durchs Haus, wage es nicht, Licht zu machen. Alle paar Minuten schaltet sich die Heizung an, und trockene, heiße Luft weht aus den Belüftungsschächten. In der Küche riecht es nach Braten. Auf dem Herd steht ein länglicher, chromfarbener Topf. Vor dem Haus fährt ein Auto vorbei. Der Garten wird schwach von den Lichterketten des Nachbarhauses erleuchtet. Im Schnee sind keine Fußspuren. Ich mache die Kellertür auf. Die Tiefkühltruhen summen wie ein Insektenschwarm. Im Keller brennt Licht. Ich laufe die Treppe hinunter, mein Herz schlägt so schnell, dass mir schlecht wird. Jake, schreie ich, Jake.

Er sieht mich nicht an. Er sitzt in dem Schaukelstuhl, der früher in seinem Zimmer, in der Höhle, gestanden hat. Die Tiefkühltruhen stehen wie eine Mauer um ihn herum. Jake hat den Vogelkäfig auf seinem Schoß, hält ihn mit beiden Armen umschlungen und schaukelt. Ich setze mich auf die unterste Treppenstufe und sage, no, no, no. Jake legt sein Kinn auf den Käfig und sieht mich an. Ich sage, no, no, no, und Jake schaukelt.

Familiengrab

Als die Stadt bombardiert wurde, machte Großmutter alle Lichter im Haus der Geliebten an, kletterte aufs Dach und schrie, kommt hierher!

Das Haus stand auf einer Anhöhe über der Stadt, inmitten von Feldern und Wein. Großvater hatte es für seine Geliebte gebaut. Es war ein großer weißer Würfel mit Schießschartenfenstern und einem glänzend schwarzen Dach, von der Stadt aus gut sichtbar. Die Leute wunderten sich, wie Großvater zu der Baugenehmigung gekommen war und warum Großmutter nichts dagegen unternommen hatte.

In der Nacht, in der die Bomben fielen, stand sie auf dem Dach und versuchte, die Flieger auf sich und das Haus der Geliebten aufmerksam zu machen. Im Tal brannte die Stadt.

Großmutters Haus stand in der Stadt, nahe dem Theater und dem Casino. Der Garten grenzte an den Kurpark an. Von Großmutters Schlafzimmerfenster aus soll es so ausgesehen haben, als gehörten zu ihrem Privatgrundstück auch der Park, die Weinberge und die Anhöhe, auf der Großvater das Haus für seine Geliebte gebaut hatte. Während des Bombenangriffs wurden Großmutters Haus und der Friedhof zerstört, auf dem das Familiengrab war. Großmutter zog mit meinem Vater ins Haus der Geliebten. Großvater kam nicht aus dem Krieg zurück und wurde später für tot erklärt. Ich weiß nicht, was aus seiner Geliebten geworden ist. Sie hat nie in dem Haus gewohnt, vielleicht hat sie es nie gesehen.

Ich wuchs im Haus der Geliebten auf. Vater nannte es so, manchmal lächelte er dabei, schmal und mit verfärbten Zähnen.

Mein Bruder Erik hatte Angst vor ihm. Erik war zwei Jahre älter als ich und sah niemandem aus unserer Familie ähnlich. Er war sehr groß, hatte dickes blondes Haar, und Mutter sagte, was hat er für eine herrlich gesunde Gesichtsfarbe, der Junge kann nicht zu uns gehören.

Etwas stimmt nicht mit unserer Familie, sagte Erik. Ich mochte ihn und nickte. Aber ich wußte nicht, wovor er Angst hatte und warum er sich manchmal mit mir in einen Wandschrank einschloß, und pscht, pscht machte. Ich durfte mich nicht bewegen, mußte ganz still sein und spürte Erik im Dunkeln neben mir sitzen, mit angezogenen Beinen, die Stirn auf seine Knie gepresst. Papa ist verrückt, sagte er. Papa schlitzt sich die Handgelenke auf. Erik konnte kein Blut sehen. Wenn Mutters Siamkatze Blindschleichen, Vögel oder Mäuse vor unsere Tür legte, war Erik entsetzt. Ich trug die Tierleichen in den Garten und begrub sie zwischen den Fliederbüschen.

Wenn Papa sich umbringt, sagte ich, lebt er doch bei Gott weiter. Es gibt keinen Tod.

Erik kniff mir in den Oberarm und drehte das Fleisch so fest herum, dass ich aufschrie vor Schmerz.

Lass dir so was nicht einreden, sagte er. Grab mal eine deiner Tierleichen aus, dann siehst du, was von einem übrig bleibt, wenn man tot ist.

Wenn Vater jemanden beerdigen musste, nahm er mich manchmal auf den Städtischen Friedhof mit.

Ich suchte umgestürzte Grabsteine und Unkraut. Ich suchte die Gräber, die eingeebnet werden sollten.

Die Liegezeit ist abgelaufen, erklärte mir der Mann, der über der Leichenhalle wohnte. Um die Gräber kümmert sich sowieso keiner mehr.

Die Erde auf dem Städtischen Friedhof war glatt und lehmig. Ich wußte, dass die Leichen oft nicht richtig verwesten. Also schlich ich über den Friedhof, nahm Blumen von reichlich geschmückten Gräbern und brachte sie zu denen, die eingeebnet werden sollten. Ich dachte, dass man die Toten noch eine Weile in Ruhe lassen würde, wenn ich mich um die Gräber kümmerte.

Einmal bat ich meinen Vater, mich in die Leichenhalle zu bringen und mir einen toten Menschen zu zeigen.

Er sagte, was in der Leichenhalle liegt, ist unwichtig. Wenn du einen toten Menschen sehen willst, musst du im Dunkeln in einen Spiegel schauen.

Nachts kniete ich mich vor den großen Spiegel im Flur. Ich sagte, du bist ein Zauberspiegel, lass mich die Toten sehen.

Über Stunden sah ich nichts, nahm nur eine Bewegung wahr, wenn ich mich bewegte. Dann stand plötzlich jemand hinter mir. Ich schrie auf.

Du Dummkopf, sagte Erik und brachte mich ins Bett.

Die Siamkatze war Mutters erstes Kind, und manchmal dachte ich, sie sei ihr einziges. Du hast siebzehn Stunden gebraucht, um auf die Welt zu kommen, sagte Mutter. Erik hat das in fünf geschafft. Das Schönste an deiner Geburt, sagte sie, war die Zigarette danach. Manche Frauen nehmen sich nach der Entbindung sogar das Leben.

Die Siamkatze meiner Mutter starb langsam. Ich war gerade siebzehn geworden, und Erik war seit zwei Wochen verschwunden.

Ich wickelte das Tier in Decken, legte es vor die Heizung im Wohnzimmer und flößte ihm Wasser ein.

Erik hatte gesagt, irgendwann hauen wir zusammen ab. Wir wandern aus, vielleicht nach Amerika. Kann sein, dass ich erst mal ohne dich los muss, aber keine Sorge, ich hole dich nach.

Ich wartete auf ihn. Die Siamkatze wartete auf Mutter. Ein Krankenwagen holte meinen Vater. Ich hörte Männer die breite Treppe in den ersten Stock hochpoltern. Jede Stufe hatte ihren eigenen Ton, aber die Männer trampelten einfach darüber hinweg. Blaulicht flackerte durch das Wohnzimmerfenster.

Meine Mutter schwieg, schien sich nicht zu bewegen im Schlafzimmer über mir. Nur noch sie und ich im Haus der Geliebten. Ich überlegte, ob ich mich mit der Katze im Wandschrank verstecken oder ob ich aufs Dach klettern sollte. Die Siamkatze ließ sich nicht von mir hochnehmen. Ich blieb neben ihr sitzen. Sie hatte sehr dunkle, sehr blaue Augen.

Da Mutter nicht zu uns kam, schleppte die Katze sich zu ihr ins Schlafzimmer. Sie wollte nicht bei mir sterben. Und Mutter saß mit angezogenen Beinen im Bett, eine Hand aufs Gesicht gepresst, die andere steif auf der Siamkatze.

Mein Kind, mein Kind, sagte Mutter. Ich stieß ihre Hand zur Seite, wickelte die tote Katze in einen Pullover und begrub sie im Garten zwischen den Fliederbüschen.

An den Fensterscheiben klebt Schnee. Aus dem Treppenhaus kommen sonderbare Geräusche, Poltern, Pfeifen, Knarren gedämpft.

Ist es nicht so, sagt Jan, ist es nicht so, dass alles in Bewegung ist, nur du nicht. Nur du bewegst dich nicht vorwärts, nicht rückwärts, bleibst unter deiner Bettdecke liegen und glaubst, du kannst auf diese Weise etwas zurückholen oder behalten. Ist es nicht so?

Ich denke, Jan will gar keine Antwort hören, und strecke die Hand nach der Wasserflasche aus. Auf dem Etikett steht, schnell, schnell, ist das Motto heutzutage. Am besten alles auf Knopfdruck. Doch bei natürlichem Mineralwasser geht das nicht.

Das Wasser schmeckt pelzig und warm. Ich gebe Jan die Flasche und sage, Mineralwasser gibt's nicht auf Knopfdruck.

Steh auf, sagt Jan. Du liegst dich noch wund.

Mein Bruder war ein sonderbarer Kerl, sage ich. Wahrscheinlich hat er kapiert, dass er nicht zu unserer Familie gehört. Vielleicht war mein Vater gar nicht sein Vater.

Was faselst du da?, fragt Jan und schaltet den Fernseher an. Reißt bei dir jetzt der Faden, wirst du verrückt?

Er lacht. Jans Augen sind so blau wie die der Siamkatze. Ich wünsche mir, dass er mich nur noch ein paar Wochen erträgt. Ich muss noch ein bisschen nachdenken, dann wird es mir besser gehen. Ich kann mich an alles gewöhnen, an jeden Mann, jede Wohnung, jede Stadt. Aber Jan hat keine Geduld. Er glaubt, sein Leben könne jeden Moment zu Ende sein. Er möchte keine Sekunde davon sinnlos vertan haben.

Wir werden alt, sage ich. Wir werden alte Menschen in diesem Land. Man lässt uns nicht so einfach sterben. Man lässt uns Zeit. Ich weiß das von meinem Vater.

Du bist unerträglich, du bist zu nichts zu gebrauchen, sagt Jan.

Ich weiß das, und es stört mich nicht. Ich stehe auf, setze mich in die Dusche und ziehe den bunten Duschvorhang zu. Jans Haare verstopfen den Abfluss. Ich stelle das Wasser an, lasse es auf mich herunterregnen. Zu Hause hatten wir eine Badewanne, in der ich untertauchen konnte, ohne mit den Füßen oder dem Kopf an eine der Keramikwände zu stoßen. Jans Haare werden aus dem Abfluss gespült und drehen sich im Duschbecken. Ein helles, filziges Nest. Ich schiebe es mit dem Handrücken am Duschvorhang hoch.

Das Badezimmer meiner Eltern betrat man durch eine Geheimtür. Sie war in die Schrankwand des Schlafzimmers integriert. Man öffnete sie, trat in den Schrank hinein, schob dessen Rückwand auf und stand im Bad. Es war sehr groß und ganz mit grünen und blauen Mosaiksteinchen gefliest. Ich nannte es Blautopf-Zimmer, denn es erinnerte mich an einen See in der Schwäbischen Alb. Unter dem See sind Höhlen, und die meisten Forscher, die dort tauchten, kamen nicht wieder zurück. Ich stellte mir vor, dass ein Magier in den Höhlen lebte und Menschen sammelte. Und wenn ich in der Wanne lag, hob mich der Magier aus dem warmen Wasser, wickelte mich in ein Laken und legte mich zu den anderen Leichen auf einen Felsvorsprung. Dort war ich geschützt und würde nicht verwesen wie Vögel oder Blindschleichen. Wasser und Tod gehörten für mich zusammen. Ich wollte lieber ertrinken als Erde im Mund zu haben und an der Haut.

Und ich fand die Vorstellung grausam, nach Ablauf der Liegezeit aus dem Grab geholt zu werden wie Großmutter, die ich nicht auf dem Friedhof besuchen konnte, weil sie kein Grab mehr hatte.

Manchmal bin ich auf das Dach unseres Hauses geklettert, um zu verstehen, wovor Erik Angst hatte. Meine Eltern dachten, ich wollte mich umbringen, wie Großmutter vom Dach springen. Einmal riefen sie sogar die Polizei, und ich sollte mit einer Psychologin reden. Ich war fünfzehn, und ich wollte nicht sterben.

Meine Eltern haben vor, das Haus zu verkaufen. Ich denke, das ist mir egal, und drücke Kokosnussshampoo über meinen Schultern aus.

Ende April entdecke ich eine dunkel geschwollene Ader in meiner rechten Kniekehle.

Jan sagt, du mußt dich entscheiden, Zigaretten oder die Pille.

Er weiß, ich würde nie mit dem Rauchen aufhören. Er möchte ein Kind mit mir haben. Ich frage mich, warum gerade ich mit einem Mann zusammenlebe, der sich freuen würde, wäre ich schwanger von ihm.

Ich sage, manche Frauen nehmen sich nach der Entbindung das Leben, und zu diesen Frauen gehöre ich.

So ein Quatsch, sagt Jan und versenkt seine Zunge in meinem Bauchnabel. Er glaubt, wir sind uns nah gekommen, und denkt sich ein Leben mit mir.

Das macht mich müde. Die Wohnung ist mir vertraut bis ins leiseste Knacken der Dielen. Der Kühlschrank summt alle elf Minuten. Ich habe mich satt gesehen an den rot gedeckten Dächern, den frischen Fassaden, den Baugerüsten, und ich weiß nicht, ob ich Jan noch einen Tag länger ertragen kann. Vater hat mir einmal erzählt, er liebe eine andere Frau mehr als Mutter. Das heiße nicht, er würde Mutter nicht lieben.

Vielleicht hat mich das den Winter über beruhigt. Jetzt sehe ich Jan nur noch als einen kleinen blassen Mann, der sich jeden Mittag die lispelnde Nachrichtensprecherin auf RTL anschaut.

Die Leute müssen wahnsinnig geworden sein, sage ich. Sie lassen sich in Swimmingpools katapultieren, springen von Brücken und Hochhäusern und nennen das Sport. Ein Mann zerstückelt seinen besten Freund und steckt die Leichenteile in Fässer. Eine Frau lässt ihr Baby verdursten, dann zeigen sie Fußball, und mein Freund schaut gleichmütig auf den Bildschirm und raucht Zigarillos.

Jan stellt den Ton etwas lauter. Die Öffentlichkeit ist ein Moloch, sagt er. Unser Leben ist ereignislos und hohl. Wir fackeln einen Tag nach dem anderen ab, immer in der Hoffnung, dass etwas Großartiges passieren wird, dass sich etwas ändert. Aber vielleicht wird nichts passieren, und alles geht einfach so weiter, ohne Höhepunkt, ohne Tiefgang.

Ich starre Jan an, seine Siamkatzenaugen und den roten Pinselbart an seinem Kinn. Er legt die Stirn in gleichmäßige, weiße Falten. Ist zumindest möglich, oder?, fragt er und schaltet den Fernseher aus.

Ich öffne ein Fenster und lehne mich hinaus. Sanierte Häuser und die Plakate der Immobiliengesellschaften. Wohnung frei, Büroflächen zu vermieten. Seit die Bauarbeiter die Straße fertig gepflastert haben, ist es ruhig hier. Die Luft streicht warm durch meine gespreizten Finger und über meine Arme. Jan hält mich an beiden Schultern fest. Er hat sich an mich gewöhnt. Das ist alles.

Wahrscheinlich leben wir ganz allein in dieser Stadt, sage ich. Jemand stellt Blumen und Kerzen in die Fenster, hängt Gardinen auf, täuscht Leben vor. In Wirklichkeit wohnen wir in einer Geisterstadt. Frisch saniert. Macht dir das keine Angst?

Als der Zug den Bahnhof verlässt, habe ich das Gefühl, er fährt gegen den Wind. Ich sehe aus dem Fenster, um mich zu versichern, dass wir wirklich vorankommen. Der Zug wird schneller. Ich bin unruhig, erschöpft, will eine Zigarette rauchen, schiebe sie zurück in die Schachtel, denke an Jan. Er raucht Zigarillos. Seine Hände riechen danach und sein Atem. Sein Mund schmeckt bitter und ein wenig seifig nach den Zitronenbonbons, die er in einer Blechdose mit sich herumträgt.

Ich gehe durch den Zug, suche das Restaurant. Die Türen zischen hinter mir zu, der Boden unter meinen Füßen zittert, und mir bricht der Schweiß aus.

Im Restaurant verkaufen sie keine Zigarillos, aber Apfelwein. Ich trinke ihn süß gespritzt, mit Zitronenlimonade, und nehme mir vor, nicht mehr aus dem Fenster zu sehen, bis ich zu Hause bin.

Die Kirchuhr hat ein neues Zifferblatt, die gelben Siedlungshäuser der Amerikaner stehen leer, und in einer der Kasernen sitzt nun das Ordnungsamt. Sonst hat sich nichts verändert, denke ich und wandere durch die Straßen, ziehe meine Hand an Schaufenstern und Zäunen aus schwarzem Gusseisen entlang. Türkische Familien sitzen um die grün verfärbte Steinmuschel, über die heißes Quellwasser läuft. Ich atme den weichen, fauligen Geruch des Wasserdampfs ein. Kurpark, Casino, Theater, vor den Restaurants Leute in Korbstühlen, ausgefahrene Markisen, Apfelwein, Frankfurter Grüne Soße, italienisches Essen. Momente lang südliche Atmosphäre. Aber alles sonderbar still, nur in meinem Kopf eine Melodie.

In meiner Kindheit stand das Haus im Vogelschutzgebiet, und die Straße war nur ein schmaler geschotterter Weg. Heute ist alles dicht bebaut mit Reihenhäusern und Appartementgebäuden. Alles gleich und weiß und ordentlich. Auf der Straße stehen Verkehrsinseln. Über eine davon bin ich mal mit dem Auto meiner Eltern gefahren. Ich war betrunken. Das Auto war ein Totalschaden.

In unserer Auffahrt steht kein Auto. Beide Garagen sind geschlossen. Alle Rollläden sind heruntergelassen, schwere, dunkle Holzleisten, die Fenster sehen aus wie zugenagelt. Das Haus ist eine Festung, denke ich. Man kann darin einen Krieg überleben. Wenn man will. Es hat einen Luftschutzkeller und einen mit Stahltüren gesicherten Ausgang in den Garten. Als Kind hortete ich Suppendosen und Schokolade im Luftschutzkeller, um im Fall eines Bombenangriffs gut vorbereitet zu sein.

Meine Schultern sind so kalt, dass sie wehtun. Ich drücke das Tor auf und klingele. Das Beet im Vorgarten ist dicht mit weißen und blauen Stiefmütterchen bepflanzt. Aus den halbmondförmigen Stufen der Treppe sind Stücke herausgebrochen.

Die Haustür wird aufgeschlossen, der Riegel zurückgeschoben. Ich stehe auf der untersten Stufe, sehe zu meiner Mutter hoch. Sie ist kleiner als ich und zierlicher. Sie trägt einen schwarzen Hosenanzug und das breite Goldarmband, von dem niemand weiß, woher sie es hat. In jedem Glied ist ein anders farbiger Edelstein. Warum klingelst du?, fragt Mutter. Hast du deinen Schlüssel vergessen?

Ich dachte, sage ich, vielleicht habt ihr das Schloss ausgetauscht.

Mutter schüttelt den Kopf. Unsinn, sagt sie. Unsinn.

Wahrscheinlich sollte Erik wiederkommen, denke ich. Mich hat sie nicht erwartet.

Kannst du dich nicht mehr bewegen?, fragt Mutter.

Kannst du dich nicht mehr bewegen. Die Umschreibung meiner Familie fürs Pleitesein. Ohne Geld geht nichts.

Mutter lächelt, streckt mir die Hände entgegen. Komm rein, sagt sie. Lass uns eine rauchen. Hast du keinen Mann mitgebracht?

Kaffeegeruch hängt in der kalten Luft. Ich gehe durchs Wohnzimmer, streiche mit dem Finger über die vergoldeten Ikonen. Heilige, der gekreuzigte Jesus, eine segnende Maria. Die Farben sind in vielen, hauchdünnen Schichten aufgetragen. Die Gesichter bekommen dadurch eine sonderbare Tiefe. In der Küche knallt Mutter eine Schublade zu, sagt irgendetwas. Ich kann es nicht verstehen.

Sie hat die Gardinen heruntergerissen. Ich schiebe die dünnen blauen Stoffbahnen vor die Heizung, stoße mit dem Fuß gegen eine Gardinenstange. Über den Fenstern sind faustgroße Löcher im Putz. Das Bücherregal ist zur Hälfte ausgeräumt. Leere Umzugskartons stehen nebeneinander aufgereiht.

Mutter kommt mit einem Tablett herein, stellt es auf den Glastisch.

Die vollen Kartons werden immer schon abgeholt, sagt sie. Muss alles weg, weißt du? Wir können nichts in der neuen Wohnung unterbringen. Kein Platz. Wird alles zwischengelagert.

Zwischengelagert?, frage ich. Wo zwischen?

Mutter gibt mir einen Becher mit Kaffee. Ich weiß nicht, sagt sie. Ich weiß nicht. Ich mach hier ja alles allein. Seit Erik weg ist und du dich nicht mehr blicken lässt, und dein Vater steht auch nur noch auf, um aufs Klo zu gehen. Manchmal habe ich das Gefühl, nur von Verrückten umgeben zu sein.

Ich sage ja, und streiche ihr über die Schulter.

In meinem Zimmer stehen nur noch das Bett und zwei ausge-
räumte Regale. Mutter holt ein rosa Ballettkleidchen aus einem
Umzugskarton und zeigt es mir.

Siehst du, sagt sie, zumindest kannst du erzählen, dass du so was
auch mal gemacht hast. Und hier, das ist ein Foto von deiner Gips-
maske. In der Mittelschule war das. Die Masken hingen zur
Weihnachtsfeier im Klassenzimmer. Und deine war grau ange-
malt, beinahe schwarz, mit diesen hässlichen roten Lippen. Du
hast gesagt, das sei nicht Grau, sondern Silber, und ob mir schon
mal aufgefallen sei, was für einen schönen Mund du hast. Du
wolltest die Maske nicht mit nach Hause nehmen, also habe ich
sie fotografiert.

Sie zündet sich eine Zigarette an, wirft mir das Marlboro-Päck-
chen vor die Füße. Ich kicke es zu ihr zurück. Ich kann mich nicht
an die Maske erinnern und auch nicht an das Ballettkleidchen.
Obwohl es sicher stimmt, wenn Mutter sagt, ich habe unbedingt
ins Ballett gewollt. Ich habe reiten, tanzen, fechten gelernt, Klavier und Flöte gespielt, ohne mich heute wirklich daran zu erinnern. Ich kann nicht einmal Noten lesen, und vor Pferden habe
ich Angst.

Erik spielte Basketball mit den Kindern der amerikanischen Soldaten. Er war sogar im Team einer High School und durfte im
amerikanischen Supermarkt einkaufen. Er brachte mir Cherry
Coke mit und Kaugummi, das unter der Zunge knallte.

Wenn ich amerikanische Filme sehe, stelle ich mir manchmal vor,
Erik sei einer der Schauspieler und es ginge ihm gut. Plötzlich fällt
mir auf, dass im ganzen Haus kein Foto von Erik oder mir hängt.
Ich nehme meiner Mutter das Maskenbild aus der Hand und zer-
reiße es. Sie sammelt die Schnipsel vom Boden und wirft sie in

den Karton. Kommt eh alles weg, sagt sie. In der neuen Wohnung ist kein Platz für Sentimentalität.

Vater hat seinen Schaukelstuhl in Eriks Zimmer getragen. Auf der Fensterbank steht eine Lampe aus grünem Glas. Vater hält eine Cognacflasche mit den Händen umfaltet. Er sieht wie eine Wachspuppe aus, grün angestrahlt, deren Füße sich mechanisch bewegen. Ballen, Ferse, Ballen, Ferse. Der Schaukelstuhl knackt rhythmisch, oder der Parkettboden.
Willst du nicht frühstücken?, frage ich. Vater stellt die Flasche neben den Schaukelstuhl, massiert sich die Knie.
Ich habe keinen Hunger, sagt er. Ich habe keinen Hunger, keinen Appetit. Ich esse nichts.
Ich ziehe den Rollladen hoch, schalte die Glaslampe aus. Sie ist glühend heiß.
Die Stadt liegt vor dem Fenster ausgebreitet, glatt über den Hügeln und im Tal unter blauer Luft.
Das Haus, sagt Vater. Es ist doch auch dein Haus. Hier bist du aufgewachsen, hier gehörst du doch her. Wir mussten das Haus verkaufen.
Warum?, frage ich. Er schließt die Augen einen Augenblick lang, als müsste er nachdenken. Wenn wir wenigstens eine Leiche hätten, sagt er, dann könnten wir Erik begraben.
Ich setze mich auf das breite, knarrende Bett, befühle die Decke und das Kissen. Es beruhigt mich, dass die Daunen locker und weich sind.
Wenn wir irgendetwas wüssten, sagt Vater, mit Sicherheit wüssten, dann hätte das Ganze endlich ein Ende.
In den Regalen stehen Fantasieromane und Videokassetten. Aber

etwas hat sich verändert seit letztem Frühjahr, seit ich das letzte Mal hier gewesen bin. Ich reiße ein Filmplakat von der Wand. Die Tapete ist gelb verfärbt und leuchtend weiß an der Stelle, an der das Plakat gehangen hat.

Sie hat viel geraucht hier, sagt Vater. Deine Mutter hat nächtelang auf Eriks Bett gelegen und geraucht.

Ich drehe Zigaretten, beobachte meinen Vater. Ich will nur bei ihm sein, Tabak auf den Boden bröseln und einer Erinnerung nachhängen.

Früher haben wir uns gut verstanden. Er deutete meine Alpträume und ging mit mir über den Friedhof spazieren, wusste zu jedem Grabstein eine Geschichte. Diese Frau, sagte er, hatte ein zu früh geborenes Kind. Sie besuchte es am Brutkasten und stürzte sich eine Stunde später vom Dach des Krankenhauses. Das Kind habe ich getauft und konfirmiert.

Dieser Mann ist von seinem schizophrenen Sohn erstochen worden. Aber die Frau hier ist hundertundein Jahr alt geworden. Hat bis zuletzt in ihrer eigenen Wohnung gelebt. Dieser Mann hatte langes schwarzes Haar. Das hing bei seiner Beerdigung aus dem Sarg, unter dem Deckel eingeklemmt.

Vater hat mir nie Angst gemacht. Er war weich und müde, und die Leute mochten ihn. Sie ließen sich von ihm trauen, ihre Kinder wurden von ihm getauft und konfirmiert. Im Sterben klammerten sie sich an seine Hände und wollten seine Stimme hören. Der Herr segne dich und behüte dich. Der Herr lasse leuchten sein Angesicht über dir und sei dir gnädig. Der Herr hebe sein Angesicht auf dich und gebe dir Frieden.

Ich höre Mutter durchs Haus gehen, langsam, als trage sie etwas Schweres. Es fällt krachend zu Boden, und Mutter flucht.

Sie kann nicht aufhören, sagt Vater. Sie hört einfach nicht auf, nach Erik zu suchen.

Vater schaut mich an, minutenlang, ohne zu blinzeln. Ich versuche, die Zigaretten auf dem Nachttisch zu stapeln. Sie rollen über die Tischplatte, fallen auf den Boden. Vater greift nach der Cognacflasche und trinkt. Ich möchte nur einmal etwas von Bedeutung sagen, etwas, das mein Vater nicht versteht. Ich möchte, dass er mich ansieht und blinzeln muss. Ich sage, weißt du, dass Zigaretten einen gelben Abdruck hinterlassen, wenn man sie eine Weile im Aschenbecher glühen lässt?

Vater streicht über das Etikett der Flasche. Ah, macht er. Und so was inhalierst du dann.

Ich komm zu dir, sagt Jan. Ich lerne deine Eltern kennen. Das ist eine gute Gelegenheit, und du fehlst mir.

Ich umklammere den Telefonhörer. Meine Hände sind feucht. Spinnst du, sage ich. Wag dich nicht. Das ist mein Haus, und wenn du kommst, lasse ich dich nicht rein.

Alles in Ordnung mit dir?, fragt Jan. Was ist los?

Ich lehne an der Heizung. Die Bücherregale im Wohnzimmer sind ausgeräumt, die Ikonen liegen auf dem Fußboden, teilweise in Schaumstoff eingewickelt. Ich will Jans Stimme nicht hören. Sie kommt mir fremd vor. Ich lege den Hörer auf, schalte den Fernseher an, rauche Zigaretten, zwei Päckchen bis zum Abend. Ein erstochenes Baby, Inzest und gekaufte Frauen aus der Ukraine. Die Stimmen der Nachrichtensprecher und Moderatoren hallen im Wohnzimmer wider.

Auf dem Glastisch steht eine Kiste mit Kerzen. Dünne, lange Kerzen, und darauf aus weichem, rotem Wachs ein Kreuz und die Buchstaben Alpha und Omega. Erik und ich haben sie Ostern aus der Kirche geklaut. Ich sagte, Zauberkerzen, Wunderkerzen, Lebenskerzen und traute mich nicht, sie anzuzünden.

Mein Vater kommt ins Zimmer, setzt sich neben mich aufs Sofa. Ich sehe ihm ähnlich. Wir haben grüne Augen und die gleiche glatte Haut, wie Klarsichtfolie über weißem Fleisch.

Und, sagt er. Gefällt Ihnen mein Haus? Sie werden sich wohl fühlen hier.

Ich schalte den Fernseher aus. Vater nimmt meine Hand und schüttelt sie langsam. Wissen Sie, sagt er, die Bäder müssen gemacht werden und das Dach. Im Kinderzimmer ist die Decke feucht. Das hat keinen gestört, weil mein Kind, meine Tochter, na ja, sie ist gar nicht mehr da.

Er steht auf, durchquert das Zimmer mit langen, festen Schritten. Was machen Sie in meinem Haus, schreit er. Verlassen Sie sofort mein Haus.

Vater, sage ich. Vater, Vater, äfft er mich nach. Vater, Vater, höre ich ihn schreien, als er die Treppe hochgeht.

Ich ziehe meine Beine an die Brust, umschlinge sie mit den Armen. Der Herr segne dich und behüte dich, flüstere ich, immer wieder, als könnte mich das beruhigen.

In der Nacht liegt die tote Siamkatze auf meiner Brust, und ich höre meinen Bruder im Zimmer auf und ab gehen, erkenne den pudrigen Geruch seiner Haut. Ich presse die Hände auf meine Augenlider.

Die Leichenhalle fällt mir ein und die Nacht vor dem Spiegel, als ich versuchte, die Toten zu sehen.

Erik, sage ich, bist du tot?

Ein Umzugskarton wird geöffnet, etwas raschelt, ich nehme einen merkwürdigen, süßen Geruch wahr. Die Katze wird von meiner Brust genommen, aber der Druck lässt nicht nach und ich spüre die Wärme noch. Ich bekomme keine Luft, rufe nach meinem Bruder. Etwas stimmt nicht mit unserer Familie, höre ich, liege wie gelähmt im Bett. Pscht, pscht, höre ich. Dann wird das Licht eingeschaltet. Meine Mutter steht in einem blauen Bademantel in der Tür. Was ist los?, fragt sie. Du weckst alle auf mit deinem Geschrei.

Ich rappele mich aus dem Bett, suche nach Zigaretten. Mein Herz schlägt hart und schnell. Mutter holt eine Zigarette aus der Tasche des Bademantels und gibt sie mir. Mein Mädchen, sagt sie. Was machen wir bloß? Wir haben immer solche Angst gehabt, verrückt zu werden.

Ihr seid verrückt, sage ich und zünde mir mit zitterigen Händen die Zigarette an.

Vielleicht finden wir Erik doch noch, sagt Mutter, ich lasse Bilder von ihm in einen Computer eingeben, und dann wird Erik weltweit im Internet gesucht. Dein Vater und ich versprechen uns viel davon.

Mein Vater würde Erik gern begraben, sage ich.

Das stimmt nicht, sagt Mutter. Er verkauft das Haus. Dann haben wir mehr Geld, um nach Erik zu suchen. Ich mache mir nur Sorgen, was ist, wenn er nach Hause zurückkommt und wir wohnen nicht mehr hier.

Wenn er zurückkommt, sage ich, wird er euch auch finden.

Ja, sagt Mutter, das denkt dein Vater auch. Ich mach das Licht wieder aus. Gute Nacht.

Ich höre sie die Treppe hinuntergehen, sitze im Dunkeln.

Ich tappe durch die Zimmer, gehe die Treppen hinauf und hinunter, verabschiede mich von meinem Haus. Ich versuche mir jedes Geräusch einzuprägen, wie es klingt, die Riegel der Stahltür aufzuschieben, und was für Geräusche die Lichtschalter machen. Die Stiege zum Dachboden ist mit Teppich ausgelegt worden. Ich taste über die rauen Synthetikschlaufen und splitteriges Holz, stoße gegen einen Karton. Die Osterkerzen rollen über den Boden. Ich hebe eine auf, kratze das rote Wachskreuz ab. Zauberkerzen, Wunderkerzen, Lebenskerzen. Dann sehe ich die steinerne Frauenhand. Als ich ein Kind war, lag sie auf dem Nachttisch meiner Eltern. Sie gehörte zu dem Engel, der auf dem Familiengrab gestanden hatte. Vater hatte sie nach dem Bombenangriff auf dem Friedhof gefunden. Er hat mir einmal erzählt, dass die Hand, bis auf die geborstene Grabkammer, das Einzige war, was vom Grab übrig geblieben ist. Ich weiß nicht, was mit den Knochen passiert ist. Das Familiengrab wurde nicht wieder hergestellt. Ich erinnere mich, dass die erste Leiche, die im Familiengrab beigesetzt worden war, ein tot geborener Junge gewesen sein soll. Großmutter wurde beerdigt, als habe es das Grab nie gegeben. Vater hat einmal gesagt, man könne eine Familie nicht auslöschen, indem man ihr Grab zerstört. Unsere Familie habe sich selbst ausgelöscht.

Ich hebe die steinerne Hand vom Boden auf und lege sie auf einen Umzugskarton. Die Umzugskartons werden nicht zwischengelagert. Sie stehen hier, unter dem schwarzen Dach, zwischen Spiegeln, Stühlen und Schubladen. An den Stützbalken und der aufgerissenen Isolierpappe kleben Fotos von Erik.

Ich versuche, die Dachluke aufzudrücken. Sie ist verschlossen. Ich presse meine Stirn gegen das staubige Glas. Im Tal liegt die

Stadt, wie mit Lichterketten geschmückt, weiß und kalt. Ich kann meinen Bruder nicht spüren, und ich kann ihn nicht riechen. Ich lege ein Kreuz aus Styropor und Holzspänen, zünde die Kerzen an, wachse sie auf dem Fußboden fest. Die Spiegel reflektieren das Licht weich und flüssig. Ich glaube, flüstere ich, ich glaube an die Vergebung der Sünden, die Auferstehung der Toten und an das ewige Leben.

Ich atme Wachs und Staub und einen Geruch wie Ahornsirup. Die Bilder wellen sich. Ich flüstere, Vergebung der Sünden, Auferstehung der Toten, ewiges Leben.

Ich lasse die Kerzen brennen, gehe durch das stille Haus in den Garten.

Der Gartenschlauch zuckt noch einen Moment lang, dann liegt er wie eine dunkle Schlange im Gras. Die Luft riecht nach Flieder und nasser Erde. Die Terrakottatöpfe leuchten, von den Pflanzen tropft Wasser.

Ich zünde mir eine Zigarette an. Vater pocht mit dem Handrücken gegen die Fensterscheibe. Ich lege eine Hand über die Augen, sehe ihn an.

Er schließt die Terrassentür auf und schiebt das rostige Gitter zur Seite.

Es wird heiß heute, sagt er, du musst abends gießen, sonst verbrüht das Wasser die Pflanzen.

Ah, mache ich. Von meiner Zigarette fällt Asche.

Ich bin nicht mehr hier heute Abend, sage ich.

Vater zieht die Schultern vor und hält den Kopf wie eine Schildkröte.

Ich weiß, sagt er. Du musst los.

Das ist mein Garten. Die Hecken sind lange nicht geschnitten worden, wuchern in die Wege und auf die Terrassen. Die Blätter sind noch knitterig grün. Später im Jahr werden sie dunkel und staubig. Dann wohnt hier schon jemand anderes. Vielleicht wird das Haus abgerissen und das Grundstück dichter bebaut. Auf einem viereckigen Stück Rasen steht Eriks Schwimmbecken wie ein überdimensionaler Kochtopf. Die hohen Metallwände sind mit blassbraunen Blumen bedruckt. Erik wollte einen richtigen Swimmingpool, in die Erde eingelassen und aus blauem Beton. Ich ziehe die Plane vom Becken. Das Wasser ist dick und dunkel, verströmt einen widerlichen Geruch. Vater steht hinter mir, legt seinen dünnen Arm um mich. Weißt du noch, sagt er, wie Erik Olivenöl ins Wasser gegossen hat, um es luftdicht abzuschließen? Und dann hat er das Öl nicht wieder weggekriegt und ließ das Wasser über den Rasen ablaufen.

Ich schließe meine Hand um Vaters Finger. Ich sage, den ganzen Sommer über fühlte sich das Gras wie Seetang an oder wie zertretene Pommes. Vielleicht kann ich einen der Fliederbüsche ausgraben und mitnehmen.

Sicher, sagt Vater. Warum nicht. Wenn wir einen Topf finden, der groß genug ist. Aber Flieder kann man nicht auf irgendeinen Balkon stellen. Der geht ein. Das hier war unser Stück Erde, und jetzt ist es weg. So ist das nun mal.

Er nickt, blinzelt und macht ein paar Schritte aufs Haus zu. Ich sage, Vater.

Er dreht sich nicht um.

Vater, sage ich, unterm Dach brennen noch Kerzen.

Er neigt den Kopf zur Seite, zieht die Schulter an seine Wange.

Ja, sagt er, das Dach, ich verstehe.

Er geht zurück ins Haus, schiebt das Gitter zu. Die Rollläden werden heruntergelassen, die Holzleisten krachen aufeinander. Ich ziehe an meiner Zigarette. Die Steinplatten unter meinen Füßen fühlen sich warm und staubig an. Der Flieder blüht lila und weiß. Ich befühle die knorrigen Äste, zerreibe eine der Blüten. Der Geruch ist betäubend. Zwischen den Fliederbüschen ist das Grab der Siamkatze. In der glatten, lehmigen Erde steckt eine spitze Plastikvase ohne Blumen. Ich gehe in die Hocke, versuche, meine Finger in die Erde zu drücken. Die Katze, denke ich, ich kann die Katze nicht hier lassen.

Ich liege auf dem Bett, mit geschlossenen Augen. Ich denke, man muss sehen, dass man rechtzeitig wegkommt. Ich habe kein Bild mehr von Erik. Was mache ich mit den Knochen der Siamkatze? Die Wohnung riecht nach Rauch und ausgedrückten Zigarillos. Der Kühlschrank summt alle elf Minuten. Die Geräusche aus dem Treppenhaus sind mir vertraut.

Jan sagt, deine Eltern sind tot. Sie haben Kerzen unters Dach gestellt, sie haben das Haus angezündet.

Ich sage, das glaube ich nicht. Er sagt, fällt dir nichts anderes dazu ein? Deine Eltern sind tot. Sie haben Feuer gelegt. Unterm Dach. Ich sage, das glaube ich nicht.

Man hat das Feuer gelöscht. Aber die Eltern sind tot. Sie sind erstickt, sagt Jan.

Nicht Persien

Über Karims Matratze hing ein Moskitonetz, und vor dem Haus rauschten die Autos wie Wasser. Karim sprach selten mit mir. Manchmal saßen wir stundenlang schweigend nebeneinander. Ich hatte ihn in der Stadt kennen gelernt. Er stand in der Fußgängerzone und verteilte kleine, rosafarbene Zettel. Ich wollte den Zettel nicht haben. Er sagte, wart mal. Ich blieb stehen. Er fragte, wie geht es dir. Ich sagte, gut. Er sagte, das glaube ich nicht. Ich stellte mir vor, dass er fremd war. Vielleicht kam seine Mutter aus Persien oder der Vater. Ich dachte an den persischen Frauenarzt, bei dem meine Mutter arbeitete, oder an den Vater des Mädchens, das im Chemieunterricht neben mir gesessen hatte. Persien, dachte ich, Persien klingt schön.

Auf der Fensterbank, über dem kaputten Heizkörper, stand eine Madonna. Karim hatte sie aus seiner Heimat mitgebracht, eine schöne, aus hellem Holz geschnitzte Frau, der Saum ihres Kleides war goldfarben, und sie hatte die Hand so gehoben, als wollte sie mich abweisen, zurückweisen, als dürfe ich sie nicht von der Fensterbank nehmen und zwischen meine Handflächen pressen. Was willst du mit der Madonna?, fragte ich.
Ich bete sie an, sagt er, und ich lachte. Dass Karim ein Christ sein könnte, fiel mir nicht ein. Ich sah ihn an und die Madonna, und hielt ihn für einen Moslem und sie für ein Souvenir.
Stell sie wieder hin, sagte Karim. Sein Name gefiel mir. Das Mädchen aus dem Chemieunterricht hatte Anissa geheißen. Wenn

ich mich richtig erinnere, heißt Anissa die Freudespendende. Ich weiß nicht, was Karim bedeutet, für mich hieß es Persien. Schönheit. Ich konnte diesen Namen ein Dutzend Mal wiederholen, aussprechen, unterschiedlich betonen, er war weich, beinahe ein wenig weiblich, und Karim lachte, wenn ich ihm seinen Namen vorsang.

Ich weiß nicht, warum Persien mir nicht aus dem Kopf geht.

Karims Lippen waren hautfarben, beinahe weiß, die Bartstoppeln dunkel, die Schneidezähne standen schief, der rechte war über den linken geschoben. Karim hatte schwarzes Haar, schwarze Augen, manchmal hob er die Hand wie seine Madonna. Lass das, sagte er dann. Stell sie wieder hin. Komm jetzt nicht näher. Geh, – bitte.

Ich ging nie freiwillig. Er musste mich immer bitten zu gehen. Und diese Bitte kam mir jedes Mal endgültig vor. Ich dachte, dass ich ihn langweilte und ermüdete. Ich wusste nicht, was ich ihm erzählen sollte. Ich fragte ihn nichts. Wir kamen uns nicht näher. Zwischen uns blieb etwas, trennte uns, wie ein Schleier, wie das Moskitonetz, unter das er manchmal kroch, durch das ich ihn ansah, ohne es je zu wagen, mich zu ihm zu legen. Als mir die Rotweinflasche umfiel und Karim stumm, mit weit aufgerissenen Augen zusah, wie die Lache sich ausbreitete, und mich dann bat, jetzt zu gehen, war ich sicher, dass er mich nicht wieder sehen wollte. Tage-, vielleicht eine Woche lang, besuchte ich ihn nicht. Er hatte kein Telefon. Ich wollte einen Brief schreiben, mir fiel nichts ein, womit ich eine Seite hätte füllen können. Ich hatte eine hässliche Handschrift, krakelig, unruhig, als säße ich immer noch neben Anissa im Chemieunterricht und müsste möglichst schnell ihre Lösungen abschreiben, als könnte allein unsere unterschiedliche Handschrift verbergen, dass wir das Gleiche in unseren Heften stehen hatten.

Ich kaufte eine Postkarte, schrieb, Karim, ich muss dich wieder sehen. Das war wenig originell, das war nichts, was mich interessant für ihn machte. Ich kannte seinen Nachnamen nicht, behielt die Postkarte, habe sie heute noch.

Ich ging in der Fußgängerzone auf und ab, suchte in den Cafés nach Karim, wünschte mir, einen dieser rosafarbenen Zettel aufgehoben zu haben. Es musste etwas Besonderes darauf stehen, etwas, das Karim enträtselte, das mir irgendeinen Hinweis gab. Karim war fremd, blieb fremd. Vielleicht zog mich das an, vielleicht fand ich ihn einfach nur schön und hielt diesen Satz, ich glaube dir nicht, für etwas Besonderes. Ich glaube dir nicht. Gut, dann glaubte er mir nicht. Ich ging zurück zu dem Haus, in dem er damals wohnte. Ein altes, heruntergekommenes Mietshaus direkt in der Innenstadt. Unter die Fenster des obersten Stockwerks war ein Netz gespannt, und ein Schild warnte vor herunterfallenden Dachziegeln. Neben den Klingelknöpfen standen keine Namen oder die Schildchen waren feucht und unlesbar geworden. Ich drückte den untersten Knopf. Karim kam ans Fenster und warf mir den Schlüssel runter.

Den ganzen Weg zu Karim hatte ich Angst vor diesem Moment, und wenn der Schlüssel dann in meiner Hand lag, war er ein Schatz, den ich behalten wollte. Ich konnte ihn nicht behalten. Karim hatte keinen Ersatzschlüssel. Ich fragte ihn, warum er mir die Tür nicht einfach aufmachte, warum er den Schlüssel immer werfen musste.

Er lachte. Du bist doch ein guter Fänger, sagte er. Ein Fänger im Roggen, kennst du das Buch?

Ich sagte, ja, was ist damit?

Er sagte, was soll damit sein? Ich wollte nur wissen, ob du es kennst.

Ich kam mir dumm vor und irgendwie abgewiesen. Ich lachte, und Karim strich mir eine Haarsträhne hinters Ohr. Karim mochte mein Haar, bürstete es manchmal, unterteilte es mit einem Kamm in Strähnen, flocht es und steckte es fest. Er hatte eine ganz besondere Art, mir ins Haar zu greifen, es um sein Handgelenk zu wickeln oder mit den Fingern über meinen Kopf zu fahren. Manchmal bürstete er es so lange, bis es strähnig wurde. Das störte ihn nicht. Er roch daran und sagte, es sei ein guter Geruch.

Der Schlüssel zu Karims Wohnung war groß und schwer, ein altertümlicher Zimmerschlüssel, und in der Wohnung hing ein kleines Plättchen vor dem Schlüsselloch, so dass man von draußen nicht hindurchsehen konnte. Karim wartete im Flur an die Wand gelehnt, als hätte ich ewig gebraucht, die Tür zu öffnen. Er nahm den Schlüssel, schob das Plättchen zur Seite, schloss die Tür ab. Das Plättchen glitt wieder zurück, und der Schlüssel verschwand in der ausgeleierten Tasche von Karims Strickjacke. Er trug die Strickjacke immer, grau meliert und mit Reißverschluss, in den Taschen waren, neben dem Schlüssel, zerknüllte und hart getrocknete Papiertaschentücher. Ich hatte da einmal reingefasst, und es war ihm nicht peinlich gewesen. Er hatte mich angesehen, als wollte er sagen, ich wünschte, sie wären verrotzt gewesen. Was fasst du mir in die Taschen?

Er war immer zu Hause, wenn ich ihn besuchen kam. Nach dem Tag in der Fußgängerzone hatte ich ihn nicht mehr außerhalb seiner Wohnung gesehen. Er muss die Wohnung manchmal verlassen haben, denn sein Kühlschrank war immer gefüllt, und manchmal standen Blumen in einer schweren Kristallvase auf dem Küchentisch. Die Blumen sahen aus wie vom Friedhof geklaut. Nelken und aufgeblühte, langstielige Rosen, manchmal auch Lilien, alles zusammen in einer Vase. Als ich das mit dem Friedhof sagte, sah Karim mich an, als hätte ich etwas Unverzeihliches gesagt. Ich würde nie Blumen vom Friedhof stehlen, sagte er, und ich konnte ihm nicht erklären, dass ich das so nicht gemeint hatte. Ich brachte ihm einen kleinen, fest gebunden Blumenstrauß mit, den stellte er nicht ins Wasser, sondern hängte ihn zum Trocknen unters Moskitonetz, und als ich das nächste Mal wiederkam, war der Strauß verschwunden. Karim sagte, er sei verfault, es täte ihm Leid und ich solle ihm nichts mehr schenken. Er wollte kein Geschenk von mir annehmen.

Karim ging nicht mit mir aus, in keine Kneipe, kein Café, schon gar nicht ins Kino. Er hasste Kino, Filme, diesen ganzen amerikanischen Scheiß. Ich sagte, es gibt gute deutsche Filme. Er sagte, er habe keine Lust, mit mir über so etwas zu diskutieren.
Worüber dann?, fragte ich. Über nichts, sagte er. Ich bin traurig heute und müde, versteh mich nicht falsch, das hat nichts mit dir zu tun.
Soll ich gehen?, fragte ich. Willst du gehen?, fragte er. Ich sagte, nein, und er zuckte mit den Schultern.
Karim hatte keinen Fernseher und, ich glaube, auch keine Zeitung. Wenn er Tee kochte, erzählte ich ihm irgendeine Ge-

schichte, die in der Zeitung gestanden hatte. BSE-Rinder, Flut-
katastrophen und vergewaltigte kleine Mädchen. Ich wollte wissen, ob er die Nachrichten kannte, wusste, was außerhalb seiner
Wohnung passierte, ob er eine Meinung hatte. Eine Meinung zu
irgendwas. Er sagte, ich habe ganz andere Sorgen. Die wirklich
wichtigen Dinge stehen nicht in der Zeitung.
Ich fragte, was meinst du?
Was weißt du über Syrien?, fragte er. Ich wusste nichts über Syrien. Er sah sich nach mir um. Ich schwieg, weil ich dachte, er
würde jetzt etwas erzählen. Er erzählte mir nichts, und ich hatte
das Gefühl, etwas falsch gemacht zu haben. Ich sagte, ich sehe dir
gern beim Teekochen zu. Er stieß Luft durch die Nase aus, das
klang verächtlich, aber als er zu mir an den Tisch kam und Tee in
kleine Gläser einschenkte, lächelte er.

Karims Wohnung war groß. Die meisten Zimmer standen leer.
Die Tapeten sahen aus wie geriffelt. Das Rosenmuster war aus
ganz vielen feinen Fäden zusammengefügt. Die Küche war
schwarz gekachelt. Die Wände, die Decke, der Boden, alles glänzend schwarz, das Fenster mit einem Frotteelaken verhängt.
Einmal hatte Karim Besuch, als ich kam. Ich war überrascht. Er
hatte mir wie gewöhnlich den Schlüssel heruntergeworfen, und
als ich die Tür öffnete, hörte ich niemanden reden. Die Wohnung
roch nach Weihnachten, nach Räucherstäbchen, Wachs und heißen Maronen. Drei Männer und eine Frau saßen am Küchentisch. Sie waren alle unter dreißig. Die Frau war stark geschminkt,
hatte ihr schwarzes Haar straff aus dem Gesicht gekämmt und im
Nacken in eine Art Spitzentuch verknotet. Einer der Männer trug
ein großes, mit roten Steinen besetztes Kreuz um den Hals. Auf

seinem schwarzen Hemd sah es aus wie ein Orden. Keiner sagte etwas, als ich hereinkam. Karim schob mir einen Stuhl an den Tisch, legte das Besteck auf eine Serviette aus Leinen, füllte mir auf. Auf der Anrichte stand die Kristallvase, diesmal steckten nur Lilien darin. Die Leute aßen schweigend. Ich weiß nicht, ob sie wegen mir aufgehört hatten, miteinander zu sprechen, aber es kam mir so vor, als hätten sie auch vorher nicht geredet, beinahe als wären sie stumm. Karim stand hinter mir an den Herd gelehnt. Er hatte keinen Platz am Tisch. Er aß nicht mit den anderen. Einmal strich er mir eine Haarsträhne hinters Ohr, ich zuckte zusammen, und der Mann mit dem Kreuz sah auf, ganz kurz nur, dann aß er weiter. Karim räumte die Teller zusammen, füllte das Dessert in Schälchen, eine süße Creme, ich konnte den Geschmack nicht einordnen, das verwirrte mich, aber ich aß, wie die anderen auch. Zu trinken bekamen wir Tee, der schmeckte so bitter, dass ich mich verschluckte. Wieder sah dieser Mann auf, und Karim tätschelte sanft meine Schulter. An diese Berührung kann ich mich noch deutlich erinnern, an Karims Hand auf meiner Schulter, sein Daumen streifte meinen Hals, danach ist vieles verschwommen. In meiner Erinnerung stehen die anderen auf, ich gehe ihnen nach, in das Zimmer mit der Matratze. Das Moskitonetz war zusammengerafft und hing in einer Art Knoten von der Decke. In kleinen silbernen Schälchen glühte etwas, das wie Asche aussah und einen scharfen, nicht unangenehmen Geruch verströmte. Auf dem Fußboden stand die Madonna. Wir setzten uns im Kreis um sie herum. In der Küche wusch Karim Geschirr ab. Die Frau beugte sich plötzlich vor, berührte die Madonna mit der Wange, und es sah aus, als flüsterte sie der Figur etwas zu. Der Mann mit dem Kreuz lachte leise. Die Leute begannen miteinander zu reden, gedämpft, feierlich, ich konnte sie nicht verstehen. Ich weiß noch, wie ich das plötzlich als Bedrohung empfand. Ich wollte aufstehen, weglaufen. Ich konnte mich nicht bewegen. Die Frau lächelte mich an und drehte die Madonna mit dem Gesicht zu mir. Die Madonna hatte ihre Hand abwehrend erhoben. Ich starrte auf ihre langen, fein geschnitzten Finger. Der Mann mit dem Kreuz begann, den Oberkörper vor und zurück zu wiegen. Ich wiegte mich auch. Karim setzte sich neben mich. Ich griff nach seiner Hand, er drückte sie kurz, dann ließ er sie los. Ich stieß gegen Karims Schulter. Er legte einen Arm um mich, ich hörte auf, mich zu wiegen. Karim sagte etwas. Das Zimmer schien rot zu verschwimmen. Die Leute wiegten sich hin und her, wurden zu einer Welle, redeten alle, aber es hörte sich an, als redeten sie für sich selbst und nicht miteinander. Die Madonna hob ihre Hand, streckte sie mir entgegen. Ich versuchte mein Gesicht an Karims Schulter zu drücken. Die Hand kam mir näher, so nah, dass ich die Rillen in der Handfläche sehen konnte, dann lag sie auf meinem Mund, roch sauber und seifig, mit jedem Atemzug saugte ich mich an dieser Handfläche fest. Ich bekam keine Luft, sprang auf, rannte ins Bad, dachte, ich müsste mich übergeben. Und dann weiß ich wieder genau, dass ich in der Badewanne auf einer Gummimatte saß, mein Gesicht gegen die Brause drückte und mich am Wasser verschluckte. Das Badezimmer war auch schwarz gekachelt, und Karim saß auf dem Toilettendeckel, das Gesicht in die Hände gestützt, die Ellenbogen auf den Knien. Als ich ihn ansah, stand er auf, beugte sich über mich. Kann ich das Wasser jetzt abstellen?, fragte er, die Hand auf dem Hahn. Ja, sagte ich. Meine Kleider lagen im Bad verstreut, feuchte Klumpen, auf dem schwarzen Boden wie schmutziger Schnee. Die

Wanne war mit klarem, kaltem Wasser gefüllt, das reichte mir bis unter die Brüste, schwappte gegen die harten, blauroten Brustwarzen. Von irgendwoher kam ein Gurgeln, tief unter mir, der Abfluss musste nicht ganz verschlossen sein.

Ich stieg aus der Wanne, Karim hielt mich am Arm fest. Wie geht es dir?, fragte er. Ich sagte, gut. Das kalte Wasser schien mir anzuhaften, blau schimmernd und glatt. Über der Matratze hing das Moskitonetz, die Madonna stand auf der Fensterbank, vor dem Haus rauschten die Autos, und Karim erzählte von einer Wüste, von einem Kloster, in das man sich zurückziehen konnte, das älter war als der Islam, Oase in einer Welt, die ihm fremd war. Ich verstand nicht, was er damit meinte, und dachte an Persien. Das war Ende September, es hatte eine Woche lang geregnet, und als Karim das Fenster öffnete, roch die Luft kalt und klar. Ich dachte, ich könnte mich in Karim verlieben. Er strich der Madonna kurz über den Kopf und kroch dann wieder zu mir unters Moskitonetz. Ich sagte, ich glaube, ich verliebe mich gerade in dich. Er sagte, er sei viel zu müde und traurig, um über mich nachzudenken.

Persien, sagte ich. Persien klingt schön.

Nicht Persien, sagte er. Syrien.

Damaskus, sagte ich. Der Name der Hauptstadt gefiel mir. Damaskus klang nach Festung, nach Kraft und Geschichte.

Mit Damaskus habe ich nichts zu tun, sagte Karim. Ich bin Christ, verstehst du, wir beten in Höfen und hinter Mauern verborgen, und nur in den alten Klöstern in der Wüste sind wir unter uns und geschützt.

Ich presste mein Gesicht in seinen Bauch, der ganz weich war, weich und warm, schwarz gelockt um den Bauchnabel. Ich versuchte eine Locke mit den Zähnen auszureißen. Karim schrie auf, lachte, und dieses Lachen machte mich mutig. Ich setzte mich auf und sagte, hör zu.

Er fuhr sich mit der Zunge über die Lippen und nickte: Ich höre zu.

Ich war sicher, er würde mir glauben, war sicher, er würde die Geschichte verstehen und sie als ein Geheimnis begreifen, das uns verband. Ich dachte, ich hätte ihn verstanden, sein Geheimnis enträtselt. Ich weiß nicht, wie ich auf so etwas kam.

Die Madonna hat mich berührt, sagte ich.

Er wollte mich zu sich ziehen, küssen. Ich schob seine Hände weg. Sie hat mich angefasst, sagte ich. Verstehst du?

Er verschränkte die Arme hinter dem Kopf.

Die Madonna hat dich nicht angefasst, sagte er.

Du musst sie mir schenken, sagte ich.

Er schob das Moskitonetz auseinander, stand auf. Das Netz schloss sich hinter ihm wie ein feines weißes Gitter. Er ging durchs Zimmer, hob die Füße merkwürdig, als sei der Fußboden Sand, heißer Sand, von dem er mir gerade erzählt hatte. Karim nahm die Madonna von der Fensterbank. Ich versuchte mir dieses Kloster vorzustellen, nannte es Damaskus, es war eine Festung, eine Felsenfestung mitten in der Wüste, die Wände mit rotem Lehm bestrichen. Kerzen brannten, die Leuchter waren wachsverklebt, und Karim stand da, die Madonna in seiner Hand. Sie hat dich nicht angefasst, sagte er. Sie würde nicht dich anfassen.

Ich konnte mir die Hitze nicht vorstellen, ein Kloster musste kalt sein, kalt, dunkel, feucht, das ging nicht zusammen mit Hitze und Sand, der Sand musste überall sein. Das Kloster wurde zu einer

Düne, erst gelb, dann weiß, und Gras wuchs darauf, hoch gewachsene, braungrüne Grashalme, die einem die Füße aufschnitten, wenn man über sie hinweglief.

Karim stellte die Madonna zurück auf die Fensterbank, seine Hand blieb auf ihrem Kopf liegen, er sah sich nicht nach mir um, kam nicht zurück unters Moskitonetz.

Ich sammelte meine Sachen im Bad auf, zog Karims Hosen an und die Strickjacke, nahm den Schlüssel aus der Tasche, machte die Wohnungstür auf.

Draußen war es kalt, aus der Regenrinne schoss Wasser, als würde es immer noch regnen. Ich zwang mich, nicht zum Fenster hinaufzuschauen, aber ich bin mir sicher, dass Karim noch da stand. Ich hatte seinen Schlüssel, seine Kleider, in der Strickjacke waren keine Taschentücher mehr, und er hatte nichts von mir, hatte nur die Madonna.

Ich weiß nicht, warum Persien mir nicht aus dem Kopf geht. Das Mädchen, neben dem ich früher in der Chemiestunde gesessen habe, arbeitet heute in einer Apotheke. Sie erkannte mich nicht, war überrascht, dass ich ihren Namen wusste, Anissa. Sie sagte, ihr Vater sei Iraner, nicht Perser. Persien gibt es nicht mehr, sagte sie und packte mir eine Tüte voll mit Kosmetikproben. Das Land heißt Iran. Ich fragte sie nach Syrien. Über Syrien wusste sie nichts. In meiner Erinnerung bleibt Karim Perser, und an jedem Marienaltar zünde ich zwei Kerzen an, eine für mich und eine für irgendwas.

Nacht in New York. Morgen

Sie hat sich die Pulsadern aufgeschnitten, sagt Janice. Länglich aufgeschlitzt, den Arm hoch, tödlich, du weißt schon, so wie man es richtig macht, nicht einmal quer übers Handgelenk.

Janice beugt sich vor, zieht den Reißverschluss ihres Stiefels auf. Ich weiß nicht, von wem sie spricht. Sie trägt den Ring, den ich ihr einmal geschenkt habe, der ihr Glück bringen sollte in New York und mit allem. Janice kreuzt die Arme über dem Bauch, fasst an den Bund ihres Pullovers und zieht ihn sich über den Kopf.

Als Liberty weg war, bin ich zur Polizei, sagt Janice und knöpft ihren Rock auf. Leute verschwinden in dieser Stadt, tauchen ab, tauchen unter, das haben die mir da erzählt, und als Liberty tot war, haben sie gesagt, das konnte doch keiner ahnen oder wenn, hätte man's eh nicht verhindern können. Ist ja keinem sein Job, Liberty die Klinge aus der Hand zu nehmen.

Der Rock fällt an Janice' Beinen herunter auf den Boden. Sie trägt keinen Slip, nur olivgrüne Strümpfe und einen Strumpfgürtel, die Strumpfbänder schneiden in Janice' Fleisch.

Wäre auch nicht mein Job gewesen, sagt Janice. Das ist schon klar, war ja ihre Entscheidung, nicht wahr, Schätzchen?

Solche Strümpfe, solche olivgrünen Strümpfe, durch die weiß ihre Haut scheint, hätte Janice früher nie getragen. Und Schätzchen hat sie mich auch nicht genannt.

Du musst dich einlassen auf diese Stadt. Musst dich treiben lassen. Groß Überlegungen anstellen ist hier sinnlos. Diese Stadt fließt, und ich fließ eben mit. So ist das, sagt Janice.

Sie rasiert sich nicht mehr. Ihr Schamhaar ist dicht, schwarz, und eine dicke, feuchte Locke hängt ihr zwischen den Beinen.

Ich geh jetzt duschen, sagt Janice. Musst du noch mal pinkeln? Weil wenn ich dusche, kannst du nicht pinkeln, die Klospülung nimmt nämlich das ganze Kaltwasser und ich verbrüh' mir die Haut.

Verstanden, sage ich. Meine Blase drückt nicht.

Na dann, sagt Janice und hakt den Strumpfgürtel auf. Dann gehe ich mal.

Ich will meinen Koffer auspacken, aber wohin mit den Sachen? Der Boden ist klebrig, es gibt keine Regale im Zimmer, keinen Schrank. Janice' Kleider sind über die Tür geworfen und in Plastikkörbe. Auf dem Feldbett sollen wir beide schlafen. Darauf liegen zwei Kissen, aber nur eine Decke, eine Häkeldecke über dem speckig glänzenden Laken. Ich schiebe den Koffer unter das Bett. In der Küche Müllsäcke, Alugeschirr, zwei schiefe Türme aus Kaffeepappbechern. Hier ist kein Platz für mich, aber Janice hat gesagt, Platz ist immer. Und von irgendwoher hat sie ein Foto geholt, auf dem wir gemeinsam sind, und den Ring trägt sie auch noch.

Siehst du den Ring, hat Janice gesagt und mit ihrer Hand vor meinem Gesicht herumgewedelt. Das Silber ist dunkel geworden, die Rankengravur ist verschmiert.

Das ist, weil ich den Ring immer trage, hat Janice gesagt, auch beim Schminken und Cremen.

Und Glück hat er ihr gebracht. Die Provinz ist vorbei, liegt zurück, die Kleinstadt, aus der wir kommen, aus der sie weg ist, die man ihr nicht mehr ansieht. New York tut ihr gut. In Queens hat sie so eine Kneipe entdeckt, wie es sie bei uns an der Stadtgrenze gab, Manhattan meidet sie, wenn sie will, und wenn es mal aussichtslos scheint, wenn sie traurig ist, fährt sie nach Little Odessa an den Strand und zählt Wellen.

Sie will Sylvester feiern mit mir. Vor zwei Tagen hat sie mich angerufen. Ich hatte lange nichts von ihr gehört, zuletzt eine Karte bekommen, Manhattan aus der Vogelperspektive, und auf die Rückseite hatte Janice geschrieben: Und ich mittendrin.

Sie rief von einem Münzfernsprecher an, im Hintergrund rauschten Autos, eine Sirene heulte, und Janice sagte, hör gut zu, Schätzchen, diese Telefone schlucken ein Vermögen, und ich hab nicht viel Geld, aber es wäre gut, wenn du herkommst, es wäre schön, wenn wir Sylvester feiern könnten zusammen und anstoßen auf die alte Zeit, auf früher.

Heute Morgen, als ich mit dem Greyhound am Port Authority ankam, war Janice nicht da, um mich abzuholen. Der Greyhound hatte fast drei Stunden Verspätung wegen des angekündigten Schneesturms, der Highway war mit Autos verstopft, die schwarze Busfahrerin zischte immer ›Blizzard, Blizzard‹ in ihr Mikrophon, dass es nicht ihre Schuld sei und die Fahrgäste Ruhe bewahren sollten. Die Schneeflocken waren noch klein, kaum größer als Stecknadelköpfe, aber sie blieben liegen, auf den Dächern der Autos, am Straßenrand, und als wir am Port Authority ankamen, sagte die Busfahrerin, die Flughäfen Newark und JFK seien gerade geschlossen worden. Ich schleppte meinen Koffer in die Subway Station, fuhr zu Janice. Sie war nicht zu Hause, als ich klingelte, öffnete niemand. Ich stellte meinen Koffer hinter die Mülltonnen, ging spazieren, musste mich bewegen, um nicht ganz auszukühlen. Und es schneite, die geparkten Autos waren ein einziger weißer Wall, die Händler drehten die Markisen ein und trugen Gemüse- und Obstkisten in ihre Läden.

Ich trank Kaffee in einer Bäckerei, sah auf die niedrigen Wohnhäuser, rot gemauert oder aus weiß gestrichenem Holz, keines hat mehr als vier Stockwerke, und Vorgärten gibt es unter der Subway- Hochbrücke, so hatte ich mir New York nicht vorgestellt. Und in einem Haus wurde ein Fenster hochgeschoben, ein Mann lehnte sich hinaus, hielt die Hände in die Schneeflocken, als wollte er sie segnen.

In Janice' Appartement sind die Fenster geschlossen. Im Winter, sagt Janice, im Sommer, im Frühjahr, im Herbst sind die Fenster immer geschlossen.

Das ist wegen der Stadt, sagt sie, manchmal will sie die Stadt nicht reinlassen zu sich in die Wohnung, kein Subway-Geräusch, keinen Straßenlärm, das Knattern des Motorrollers nicht, auf dem ihr ein Vietnamesenjunge morgens das Frühstück bringt und abends Gemüse mit Reis. Das alles soll nicht zu ihr rein.

Und ein Geruch steht in Janice' Zimmern, ein Geruch nach Windeln, feuchtem Zellstoff und Scheiße, ein Geruch, der nur im Badezimmer erträglich ist, vermischt mit Janice' Waschgel, dem Shampoo und ihrer Bodylotion. Die Tür ist nur angelehnt.

Komm rein, Schätzchen, sagt Janice. Kannst aufs Klo, wenn du musst. Bin fertig mit duschen.

Ich muss nicht aufs Klo, sage ich.

Darfst trotzdem reinkommen, sagt Janice. Die Haut auf ihrem Rücken ist gerötet und übersät mit schwarzen Flecken. Ihre Strümpfe trägt sie schon wieder und auch das Strumpfband. Sie hat sich die Haare nicht gewaschen. Nur ein paar Strähnen kräuseln sich feucht aus dem Haarband im Nacken. Unsere Blicke treffen sich im Spiegel. Ihre Augen sind noch geschminkt.

So ein Schwein, sagt sie. Der Typ über mir, weißt du. Ich sag dir, Schätzchen, tagein, tagaus tut der nichts anderes als baden und verbraucht mir das ganze Warmwasser. Ein Schmarotzer ist das, Essensmarken kriegt der, das weiß ich genau. Hab mal im Supermarkt hinter ihm an der Kasse gestanden. Erdnussbutter, Weißbrot und Chilibohnen in Dosen, hat er alles mit Essensmarken bezahlt. Für so einen schaffe ich mit. Der lebt quasi von mir und – Janice dreht sich kurz zu mir um und sticht mit dem Finger in meine Richtung – von dir. Von dir lebt er auch.

Janice ist schön. Als sie über das weinrote Waschbecken gebeugt steht, sich Wasser ins Gesicht schlägt und die Wimperntusche unter ihren Augen dunkel verschwimmt, zu Schatten, durch die die Haut schimmert, als sie aufschaut, unsere Blicke sich im Spiegel treffen, Wasser perlt ihr vom Kinn, in diesem Moment denke ich, Janice ist schön. Sie verreibt Waschgel in ihren Händen zu Schaum, legt ihn sich aufs Gesicht und massiert. Und wieder schimmert die Haut, leuchten die Lippen durch die weißen Schaumbläschen, und die Augenbrauen sind schwarz. Ich möchte Janice festhalten, bevor sie nach dem Handtuch greift und das Gesicht im Frottee rot reibt, möchte meine Arme um ihre Schultern legen, ihr etwas ins Ohr flüstern, aber es gibt nichts zu flüstern, und Janice trägt diese Ohrstecker, goldene, große Scheiben.

Janice reibt sich das Gesicht trocken, schaut zurück in den Spiegel, ich sehe weg. In der Badewanne, auf deren Rand ich sitze, steht noch das Wasser. Es läuft nicht ab. Und die Fugen zwischen den Wandkacheln sind dunkel vom Schimmel.

Als ich heute Mittag von meinem Spaziergang zurückkam, stand mein Koffer noch hinter den Mülltonnen, feucht und schneebedeckt, aber als ich klingelte, kam Janice heruntergelaufen und schloss mir die Haustür auf. Sie gab mir die Hand, küsste mir flüchtig die Wange, in der Wohnung räumte sie Zeitungen von einem durchgesessenen Sessel. Mein Gott, Schätzchen, sagte sie, da bist du ja endlich, ich dachte schon, du wärst verloren gegangen, man geht leicht verloren in dieser Stadt.

Und sie wollte erzählen, aber ich war müde und mir war kalt. Einen Moment, sagte ich, gib mir einen Moment.

Und sie stand neben mir, ihre Hand lag auf meiner Schulter, und es war, als stützte Janice sich ab auf mir. Als wollte sie mir zeigen, wie schwer sie wiegt und wie lächerlich meine Müdigkeit ist.

Janice schminkt sich frisch für Manhattan, für die Nacht, für Sylvester, deckt kleine Pickel auf ihrer Haut mit Farbe ab, die an Wachs erinnert, und pudert sich neu, Rouge die Wangenknochen entlang, noch einmal Puder, schwarzer Kajal, schwarze Wimperntusche.

Weißt du, sagt Janice, Liberty hatte ein Baby und das schrie immer, ohne Unterbrechung schrie das. Ich meine, du denkst ja, irgendwann muss dem die Puste ausgehen, so einem winzigen Baby, aber dem ging die Puste nicht aus. Es hat die Muttermilch nicht vertragen. Zumindest hat Liberty das gesagt. Sie hat gesagt, mein Baby verträgt meine Milch nicht, Janice, was soll ich jetzt tun? Ich habe gesagt, Schätzen, so was gibt es gar nicht, dass ein Baby Milch nicht verträgt.

Janice löst die Haare und bürstet sie aus. Ein schwarzes Kleid liegt über der Toilette, Janice nimmt es, hält es sich vor den Körper.

Schön?, fragt sie und zieht es sich über. Hat mir Harris junior geschenkt, sagt sie. Zu dem fahren wir gleich, ich schwör dir, Schätzchen, der wird dir gefallen.

Haarspray, kein Parfum. Janice zieht sich die Stiefel an. Ich habe nur ein paar Turnschuhe dabei. Janice sagt, Turnschuhe, wie lächerlich, was hast du dir dabei gedacht? Aber egal, jeder macht Fehler, Schätzchen, am Anfang habe ich auch Fehler gemacht.

Ich ziehe mir meine Jacke an, helfe Janice in den Mantel, und sie macht mir den Reißverschluss zu bis unter das Kinn. Im Treppenhaus geht das Licht nicht. Janice nimmt sicher Stufe für Stufe, ich taste mich am Geländer hinunter, vorsichtig, berühre es nur mit den Fingerspitzen, um mir keinen Splitter ins Fleisch zu ziehen. Janice stößt die Tür auf, und ein Wind fährt mir scharf ins Gesicht. Es ist kalt, und es schneit immer noch. Ich habe viel von New York erwartet, nur Schnee nicht. Nicht so einen Schnee. Janice schlittert den Gehweg entlang. Ich ziehe die Tür zu, strecke die Arme seitlich aus, tapse Janice nach. In den Fenstern der Wohnhäuser blinken Weihnachtssterne, Weihnachtsmänner, Tannenbäume, und bunte Lichterketten sind um die Haustüren gelegt und die Maschendrahtzäune entlang. Durch die Schneedecke in den Vorgärten sind echte Tannen auf die Straße hinausgeschleift worden, Lametta glitzert noch an den Zweigen, und vom Gehweg ist der Schnee zu hüfthohen Wällen auf die Straße geschippt.

Weißt du, sagt Janice, das Baby hat immer geschrien, und Liberty ist immer ab in die Notaufnahme, aber da konnte ihr keiner helfen, und als sie zum hundersten Mal da auftauchte, hat man sie weggeschickt. Ist ja auch klar, sie hat ja nie eine Rechnung bezahlt, und wenn das Baby ständig schreit, liegt's eher an der Mutter als am Baby, oder?

Janice' Mantel ist schwer, lang, ein Gewand, der Saum schaukelt um den Schaft ihrer Stiefel. Im Scheinwerferlicht eines Autos leuchten die Ohrringe auf, und ich denke, sie sind viel zu groß. Das Auto ist langsam, die Straße ist glatt, von innen trommeln Jugendliche gegen die Scheiben und grölen uns zu. Aber Janice sieht nicht mal hin. Über die Hochbrücke fährt eine Bahn, zwischen den dunklen Stahlträgern löst sich ein Klumpen gefrorener Schnee, fällt und zerplatzt auf dem Gehweg. Janice tritt einen Brocken zur Seite.

Das Baby war eine Scheißhürde, sagt sie. Ich meine, egal, was für einen Weg man geht, da ist immer das Baby, das baut sich auf zu einer Scheißhürde, und die Hürde schreit dann auch noch die ganze Zeit.

Janice lacht. Auf der Treppe hoch zur Subway Station muss auch sie sich am Geländer festhalten. Aus der Manteltasche zieht sie Lederhandschuhe und streift sie sich über. Ich habe keine Handschuhe, meine Finger bleiben am Geländer kleben, und die Haut scheint sich Griff um Griff abzulösen, Schicht für Schicht.

Vom Bahnsteig sehen die Hausdächer wie ein langes, helles Stück Wellpappe aus, dazwischen Parkplätze und rot gemauerte Fabrik- und Lagerhallen. Die Hochbrücke bebt, klirrt, Schneebrocken lösen sich, die Bahn rauscht ein. Jeder will nach Manhattan. Das Abteil ist voll, die Leute gedrängt aneinander, singen und lachen und saufen schon.

Weißt du, sagt Janice. Am Anfang habe ich in so einem Wohlfahrtshotel gearbeitet, wo Leute einquartiert werden, die eine

Wohnung nicht mehr bezahlen können. Die kriegen dann so ein kleines Scheißzimmer, und auf dem Flur sind die Bäder und Küchen, und alles ist voll mit Kakerlaken und Schaben. Ich habe an der Rezeption gearbeitet und mittags den Asozialen die Bäder und Küchen und Zimmer sauber gemacht. Da lebten manchmal vier Kinder auf einmal mit ihrer Mama in so einem Zimmer, und Liberty lebte da auch mit so einem Bauch unterm Sweatshirt. Hat immer von ihrem Recht auf ein Dach über Kopf und Babybauch gequatscht, und ich habe die Scheiße aus den Klos gewischt, um mir mein Dach überm Kopf zu verdienen.

Plötzlich geht die Bahn in eine scharfe Kurve, alles stolpert gegeneinander, einer stürzt, einer flucht, nur Janice im dunklen Mantel steht aufrecht, die Arme über den Kopf weg ausgestreckt, die Finger fest um die Haltestange, und vor dem zerkratzten Fenster taucht die Skyline auf, ein Scherenschnitt aus dünnem Papier, einen Augenblick lang, bevor wir in die Erde hineinrauschen.

Und die Negerinnen haben ihren Jungs das Haar in den Badewannen geschoren, sagt Janice, und ich durfte das Gestrüpp dann rausholen, eine Einkaufstüte konntest du mit dem Haar manchmal füllen, aber Liberty hat gesagt, sie ist anders als die, sie ist kein White Trash und hat einfach nur Pech gehabt. Ich hab ihr dann erst mal vom Scarlet Letter erzählt, Liberty hatte noch nie was davon gehört, aber du kannst dich daran erinnern, wir haben das Buch in der Schule gelesen, weißt du noch, Schätzchen?

Im Abteil flackern die Neonröhren, das Licht erlischt, eine Minute drängen wir in der Dunkelheit aneinander, die Leute lachen noch lauter, eine Flasche fällt um, ich rieche Bier. Es läuft zwischen meinen Füßen hindurch.

Ich hab Liberty dann gesagt, in anderen Zeiten hätte man dir den

Scarlet Letter auf die Brust genäht, sagt Janice, als das Licht wieder angeht, – und man hätte dich wo draufgestellt, und du wärst von den Leuten bespuckt worden. Und weil du so schön ist, Liberty, hätten all die braven, langweiligen Frauen dich besonders gehasst. Pech gehabt, das wäre keine Entschuldigung gewesen, Pech gehabt gibt's nicht.

Das hab ich Liberty gesagt, und dass sie ein Glück hat heute und in New York zu leben, bei mir zu Hause hätte man sie zwar nicht bespuckt, aber von der Schule und rausgeflogen wäre sie auch, weil so eine ist schlecht für die Moral. Da kenne ich mich ja aus. Bist du noch wütend?, frage ich. Weil dich alle so schäbig behandelt haben?

That's history, sagt Janice, nimmt eine Hand von der Haltestange und will eine wegwerfende Bewegung machen, aber die Bahn ruckelt, Janice stolpert. Ich halte sie fest, wir taumeln gegen ein paar Jungs in dicken gelben Daunenjacken. Scheiße, sagt Janice und umfasst wieder mit beiden Händen die Haltestange. Scheiße, lass mich doch damit in Ruhe, ich erzähl dir was aus New York und will nichts Kleinstädtisches hören. Hast du das verstanden. Schätzchen?

Sie wirft den Kopf in den Nacken, dann schaut sie mich an und grinst breit. Kann ich jetzt weitererzählen?, fragt sie.

Klar, sage ich.

Du bist eine Freundin, sagt sie, und Liberty war das auch. Ich fand sie okay. Vor allem weil sie das Kind nicht hat wegmachen lassen. Ich meine, schlimmer noch als ein uneheliches Kind ist eins, das du weggemacht hast, oder? Und sie hatte Geld bekommen von ihrem Freund, damit sie es wegmacht, aber das war ihr egal, und da hat er ihr wieder Geld gegeben. Damit sie den Mund hält. Und da hab ich gesagt, bei dem würde ich noch mal anklopfen, weil wenn du in so einem Scheißwohlfahrtshotel hausen musst, hast du ja wohl noch nicht genug Geld gekriegt. Aber sie hat sich nicht getraut, und als das Baby dann da war, hat sie es Scarlet genannt. Ich meine, das ist schon bescheuert, weil da jeder an ›Vom Winde verweht‹ denkt, aber Liberty hat gesagt, das macht nichts, weil sie den Film mal gesehen hat, und er hat ihr gefallen, außerdem kann sie ja sagen, das Baby heißt so, weil ich ihr immer vom Scarlet Letter erzählt habe und weil sie ein Glück hat, den nicht auf die Brust genäht zu bekommen.

Wir steigen am Times Square um. Janice kennt sich aus. Ich laufe ihr nach. Meine Schuhe sind feucht vom Bier, ich denke, sie müssen Spuren auf dem Bahnsteig hinterlassen, aber alles ist nass, an den Stufen klebt grauer Schnee, jemand spielt Saxophon, die Leute schieben und drängen.

Und dann, sagt Janice, habe ich Harris junior getroffen, das war ein Freund von Liberty, der kam sie in diesem Hotel besuchen und hat gleich gemerkt, dass ich was Besonderes bin, dass ich 'ne gute Bildung habe. Der hat mich gefragt, was ich in so einem Scheißhotel zu suchen habe, und Liberty hat ihn gefragt, warum sie in so einem Hotel wohnen muss. Aber er hat sie gar nicht beachtet, und da hab ich gesagt, Freiheit hat ihren Preis, und ich zahl den gern, weil ich frei sein will und nicht in der Kleinstadt, sondern hier in New York, und dass Freiheit gar nicht teuer genug sein kann, so lange sie nicht unbezahlbar ist für eine wie mich, aber dann weiß man wenigstens, was sie wert ist, und umsonst gibt's halt nichts.

Janice' Absätze knallen über den Betonboden, und überall in

den unterirdischen Gängen stehen Bauzäune rum, Construction Area, und eine Koreanerin verkauft silberne Lamettaperücken, an ihrem Handgelenk baumeln spitze, rot glänzende Papphüte.

Ich sag dir, Schätzchen, sagt Janice, das hat Harris gefallen. Ich hab ihm gefallen, weil ich Charakter hab, hat er gesagt, ich hab einen anständigen Charakter, und so eine kann er gebrauchen.

Eine Pärchen drängt sich an mir vorbei, und die Frau trägt rote Sandaletten, die Fußnägel sind rot lackiert und ich glaube, die Pfennigabsätze klickern zu hören.

Janice geht sehr schnell. Mein Atem schlägt mir weiß ins Gesicht, und die Treppe zum nächsten Bahnsteig ist rutschig. Der Zug ist schon eingefahren. Janice steigt ins Abteil. Ich dränge an ihre Seite. Ein Mädchen trägt schwarze Riemchensandalen, schlurft über den Bahnsteig. Die hautfarbene Strumpfhose ist an den Fersen dunkel verschmutzt. Die Türen schließen sich zischend, und der Zug setzt sich mit einem Ruck in Bewegung.

Harris junior, sagt Janice, hat mir dann einen anständigen Job besorgt. Ich verkaufe Tomaten und Gurken und lege Truthahnwurst auf Weißbrotscheiben, und dabei sehe ich lächerlich aus, ich sag dir, so Knisterhandschuhe hab ich da an und ein Häubchen auf dem Haar, aber asozial sind die Kunden halt nicht, das ist schon mal gut, und wenn die Kohle nicht reicht, hilft Harris junior mir aus. Er wird dir gefallen, Schätzchen, er hat ein tolles Appartement, und seine Freunde sind schick. Du magst doch schicke Leute?

Zwei Stationen, drei, vier. Downtown. Und wieder raus auf einen Bahnsteig, durch Gänge und eine Treppe hinauf. Draußen, in den Häuserschluchten ist die Luft in Bewegung, treibt Schneeflocken vor sich her, Wortfetzen und Musik. Ein Räumfahrzeug surrt die

Strasse entlang, speit Streusand. Es fahren kaum Autos. Trotzdem bleiben die Leute auf den Bürgersteigen, schieben aneinander vorbei, zerstreuen sich in Restaurants, Häuser, in Seitenstraßen, um dann, plötzlich, wieder im endlosen Gänsemarsch einen Bürgersteig entlangzugehen. Ich hatte gedacht, die New Yorkerinnen trügen selbst zum Kostüm Turnschuhe, aber jetzt klickern und klackern und schlurfen sie beinahe barfuß durch den Schnee, mit langen Zehen oder mit kleinen, kugeligen, mit lackierten Nägeln, und unter den Mänteln schauen dünne Stoffe hervor, umwehen die Beine, die nackt aussehen.

Janice kauft Bier in einem Deli, der mexikanische Verkäufer fragt, ob alles klar ist, und Janice sagt, alles klar, und bei dir? Sie wünscht ein happy new year, und er sagt, es ist noch zu früh, das zu wünschen. Quatsch, sagt Janice. Happy new year, happy new year. Wir tragen das Bier in braunen Papiertüten über die Straße und an die schmierige Glastür eines Hauses, dessen obere Stockwerke im Schneetreiben verschwinden. Janice klingelt, ein Summen, sie drückt die Tür mit der Schulter auf. Im Foyer flackert das Licht an. Es gibt keinen Fahrstuhl, nur einen Lastenaufzug, wir steigen durchs enge Treppenhaus höher, höher, von den Wänden platzt Stuck, die Marmorstufen sind abgetreten, auf den Treppenabsätzen steht Wasser, sechster Stock, siebter, achter, ich schaue übers Geländer in die Tiefe, aber da ist nichts zu sehen, im Foyer brennt kein Licht mehr.

Eine Wohnungstür ist geöffnet, einen Spalt nur, Janice drückt sie auf und stößt sie gegen Schultern und drückt einen hinter die Tür. Excuse me, ruft Janice, 'xcuse me.

Wir drängen hinein in ein Wohnzimmer, einen winzigen Raum,

der zum großen Teil von einer roten Couchgarnitur ausgefüllt ist, und darauf sitzen Leute nebeneinander und auf den Lehnen. Ansonsten ein Schimmern, ein Glitzern, Glitter in den Gesichtern der Frauen, Goldstaub und Plastikperlen im Haar, Paillettenkleider, Satin. Die Männer in rosa Hemden, halbseidenen Jacketts, Gold an den Fingern, schwere Uhren um die Handgelenke. Jemand nimmt mir das Bier ab, Janice hält ihre Tüte umklammert und sagt, Schätzchen, bist du ein Idiot, dann müssen wir nachher gleich wieder runter neues Bier kaufen.

Tut mir Leid, sage ich, aber das hört Janice gar nicht. Die Musik ist laut, über den Fernsehbildschirm flackern Bilder vom Times Square, da drängen sich die Leute noch dichter und zahlreicher aneinander als hier in der Wohnung, aber die stehen im Schnee, und in der Wohnung steht eine feuchte Hitze und ein Geruch nach Deodorant und Rauch.

Ich folge Janice in das Schlafzimmer. Auf dem Doppelbett liegen Jacken und Mäntel, als habe jemand ein Dutzend Säcke mit Altkleidern ausgeleert. Janice klemmt sich die Tüte zwischen die Knie, streift sich die Handschuhe von den Händen. Sie trägt meinen Ring nicht, sie trägt einen schmalen goldenen Ring, der mit Brillantsplittern besetzt ist. Was denn, sagt sie, als sie meinen Blick bemerkt. Der ist von Harris. Das nimmst du mir doch nicht übel.

Sie knöpft ihren Mantel auf, klopft sich auf die Brust.

Deinen trage ich auf dem Herzen, sagt sie. Harris ist nur für heute Abend.

Sie wirft ihren Mantel aufs Bett. Ich ziehe eine Schranktür auf, will meine Jacke da reinlegen, damit ich sie später wieder finde.

Auf Regalbrettern stapeln sich Zigarettenstangen. Ich knülle die Jacke dazwischen und Janice' Mantel.

Und dann zurück ins Wohnzimmer, in den dunstigen Rauch. Janice klettert über Leute hinweg auf die Sofalehne, ihre Stiefel stehen bei einem Kerl auf dem Schoß, die Absätze drücken durch den Stoff seiner Hose in breite Schenkel. Harris junior, sagt Janice zu mir und stellt mich nicht vor. Harris junior hat einen silbernen Zahnstocher zwischen den Lippen.

Sein Vater ist Harris senior, sagt Janice. Und dem gehören ganz viele Läden.

Harris spuckt sich den Zahnstocher auf die Handfläche, betrachtet ihn kurz, dann schiebt er ihn in seine Hemdtasche und streckt mir die Hand entgegen. Ich schüttele sie Janice zuliebe. Werde gedrängt und geschoben, hinter mir tanzen Leute, treten hektisch von einem Fuß auf den anderen. Ein Mann beugt sich an mir vorbei über den Couchtisch, zieht Kokain durch ein abgeschnittenes Stück Strohhalm. Janice verteilt ihre Bierflaschen. Der Kronkorken lässt sich abdrehen. Harris hebt ihn mit den Zähnen vom Flaschenhals.

Dann macht er mir Platz auf dem Sofa, stößt die Frau neben sich auf den Boden, sie kniet auf dem Teppich, sagt nichts und lacht nur. Ich setze mich auf ihren Platz, und Harris schüttet mir Wodka ins Bier.

Janice sagt, Harris-Schätzchen, hier spielt die Musik, ich bin dein Mädchen.

Und Harris sagt, ja, in Ordnung, aber mach die Scheißohrringe raus. Die sind nicht elegant.

Janice hält ihm ihre Hand hin. Die Brillantsplitter glitzern. Ja, der

Ring ist gut, sagt Harris, aber die Ohrringe machst du jetzt raus. Vor den Fenstern ein Schnee, kein Ausblick. Dieses Appartement könnte irgendwo sein. Eine winzige, stickige Hütte im Schneesturm, in einer Einöde, am Ende der Welt, und durch die Tür würde ich mit festen Schuhen und im dicken Mantel gehen, New York wäre weit weg, und vor mir läge ein flaches Land, ein Schneeland, und ich würde laufen und laufen, alles bliebe gleich und nichts würde sich verändern.

Harris rollt den Zahnstocher von einem in den anderen Mundwinkel, und Janice ist auf einmal stumm, gibt nur manchmal zischende Laute von sich, die nach Harris, Harris klingen und mich an die Busfahrerin des Greyhounds erinnern. Blizzard, Blizzard. Der Puder in Janice' Gesicht ist verschmiert, klebt dunkel über den abgedeckten Stellen, und die Haut an ihren Lippen ist faltig zusammengezogen, weiß und bröckelig in den Mundwinkeln. Im Fernsehen singt eine Blondine im Freiheitsstatuengewand ›From a distance‹, und Janice bewegt die Lippen dazu, schwingt die Arme, als würde sie dirigieren. Auf dem Couchtisch tanzt eine Frau mit nackten Füßen. Ihre Fersen sind gelb, an der rechten ist eine Blase. Harris packt diesen Fuß und zersticht die Blase mit seinem Zahnstocher. Die Frau steht auf einem Bein, taumelnd, dann lässt Harris den Fuß los, sie steht wieder sicher, tanzt, hopst, dass die Gläser klirren, und es stäubt aus den Aschenbechern.

Und dann eine Bewegung, ein Schub, ein Sog, die zusammengedrängten Leute wollen raus aus der Wohnung. Eine Frau steht dazwischen, beugt sich, reckt sich, und als ich an ihr vorbeigeschoben werde, greift sie kurz meinen Arm und hilft sich mit der anderen Hand in einen Turnschuh. Ich bin nicht die Einzige mit Turnschuhen, will ich Janice zurufen. Aber ich kann sie nicht sehen, werde gedrängt, durchs Treppenhaus höher, höher, keiner schaltet das Licht ein. Jemand schiebt den Riegel einer Stahltür zurück. Ich werde ins Freie gedrückt, durch die schmale, niedrige Tür, und Schilder verbieten das Betreten des Dachs. Schnee spritzt vom Himmel, Schnee klebt an meinen Hosen, die Feuchtigkeit dringt durch den Stoff meiner Schuhe, zieht mir bis an die Knie. Am Dachrand ist der Schnee hoch geweht wie gegen eine Mauer, gegen ein Geländer, aber jemand sagt, da sei kein Geländer. Das Dach knackt, knarrt, schwingt metallisch unter den Füßen. Das World Trade Center leuchtet, rechts das Empire State Building, und an einem Gebäude schimmert weiß eine Uhr, sie zeigt Viertel nach sechs. Und plötzlich steht Janice am Dachrand, bis zu den Knien im Schnee. Liberty!, schreit sie und schwingt eine Bierflasche, schwingt, das Bier spritzt, dann lässt Janice die Flasche los. Liberty!, schreit sie. Harris versucht, sie vom Dachrand wegzuziehen. Aber Janice wehrt sich, tritt und wirft Schnee vom Dach. Liberty!

Harris bekommt sie am Arm zu fassen, zerrt sie zurück, Janice fällt auf den Rücken, mit ihren Armen reibt sie Engelsflügel in den Schnee.

Drei, zwei, eins, schreit jemand. Ich höre ein Feuerwerk, aber es ist nichts zu sehen. Bierflaschen klirren, Leute nehmen mich in den Arm, Janice und Harris halten sich fest umklammert und

183

wiegen sich über das Dach. Eine Frau sagt, mir frieren die Füße ab. Erst die Zehen, sagt jemand. Und die Frau sagt, ohne Zehen lässt es sich leben.

Die Uhr zeigt immer noch Viertel nach sechs. Ich gehe zurück in die Wohnung.

Im Wohnzimmer ist es still, leer, der Teppich ist dreckig, ich stolpere über ein Paar hochhackiger schwarzer Sandaletten. Im Fernsehen eine Menschenmasse am Times Square. Kein Ton. Siebzehn Minuten nach Mitternacht. Auf dem Sofa liegt ein besoffener Cowboy, die Krempe des Lederhuts tief ins Gesicht gezogen. Im Bad kotzt jemand. Mir wird schlecht vom Zuhören. Ich will ins Schlafzimmer, meine Jacke holen, die Tür ist verschlossen. Ich rüttele am messingfarbenen Knauf. Die Badtür geht auf. Die ficken, sagt einer und wischt sich den Mund ab. Ich gehe trotzdem, gehe weg ohne Jacke, über der Wohnungstür hängt ein Schal, den nehme ich mit, und die schwarzen Sandaletten werfe ich übers Geländer ins Foyer hinunter. Das macht einen Lärm, und ich renne die Stufen hinunter, vielleicht stoßen die Sandaletten überall gegen, etwas bremst sie im Fallen, und ich schaffe es, vor ihnen unten zu sein. Im Foyer kann ich die Sandaletten nicht finden, höre sie auch nicht mehr fallen, das ärgert mich. Ich wickele mir den Schal um den Hals. Ich friere, als ich die Haustür aufziehe.

Vor dem Deli stapeln sich blaue Müllsäcke, da setze ich mich drauf und schaue nach oben. Aber da ist nichts zu sehen, und hören kann ich auch keinen. Der Schal wird schnell nass, hart und kalt liegt er um meinen Hals. Polizeiwagen fahren vorbei, und das

Licht flackert gegen die Hauswände. Hinter einer beschlagenen Scheibe sitzen Leute im Restaurant. Eine Frau hinkt an mir vorbei, der Absatz ihres roten Samtschuhs ist abgebrochen, ihr Mantel ist weiß gesprenkelt vom Schnee, im Haar kleben Flocken, und mein Hintern wird kalt. Im Müllsack ist irgendwas Feuchtes, das rinnt dunkel das Plastik hinunter, als ich aufstehe.

Janice kommt endlos später. Ohne Mantel, und sie bringt meine Jacke nicht mit, schlägt sich mit den Armen vor die Brust, aber meinen Ring trägt sie wieder, silbern verschmiert.

So eine Kälte, sagt sie, lass uns jetzt abhauen.

Die Schneeflocken wirbeln und wehen, ein Wind fegt über die Straßen, die Bürgersteige, in unseren Fußstapfen ist der Streusand zu sehen. Meine Turnschuhe fühlen sich an wie Eisblöcke, meine Füße schmerzen. Janice springt auf die Straße, versucht wieder und wieder ein Taxi zu bekommen. Einmal hält einer, tippt sich gegen die Stirn, er fährt nur in Manhattan. Janice sagt, das ist eine Scheiße, eine Scheißstadt, in der Taxis nur in einem Viertel fahren.

Meine Nase läuft. Janice schlägt mit den Armen, und als ein Penner ihr unter Wellpappen hervor die Hand entgegenstreckt, schreit sie, ich habe selbst nichts.

Wir steigen hinunter in eine Subway Station, dort ist es nur wenig wärmer, die Luft ist feucht. Mir ist schwindlig, sagt Janice und hakt sich ein bei mir. Eine Bahn kommt, wir steigen ins Abteil, lassen uns auf die Bank fallen. Eine Frau sitzt uns gegenüber. Ihre Strumpfhosen sind kaputt, und unter dem Riemchen ihrer Sandale steht der Nagel des großen Zehs merkwürdig in die Höhe. Auf dem Schoß hält sie eine Tüte. Unter dem dünnen, knisternden Plastik zeichnen sich ein Paar schwere, gefütterte Schuhe ab. Die Bahn hält. Janice springt auf den Bahnsteig. Scheiße, sagt sie, die Bahn ist nicht richtig. Das ist falsch hier.

Wir irren durch ein unterirdisches Labyrinth von Gängen und Bahnsteigen. Und als Janice erfährt, in ihr Viertel fährt keine Bahn mehr, stehen wir zwischen Betonpfeilern herum, und Janice sagt, weißt du, Liberty hat mir das Baby praktisch vor die Tür gelegt. Und dann ist sie abgehauen, verstehst du, und Scarlet hat sie bei mir gelassen. Und ich musste doch arbeiten, und das Arschloch über mir, weißt du, der ständig badet, der hat die Bullen gerufen, und dann kam die Fürsorge, und Liberty blieb einfach verschwunden, und dann gingen mir die Windeln aus und das Babyfutter ist auch ziemlich teuer, und als Liberty endlich wiederkam, war das Baby halt weg. Das ist abgeholt worden, habe ich ihr gesagt. Vielleicht kriegst du's zurück, wenn du drum bittest.

Eine Frau schlurft an uns vorbei. Sie trägt flache Lederstücke unter den Füßen, und über die Zehen ist ein rosa Perlenband gespannt, ihre Fußnägel sind nicht lackiert.

Janice lacht. Das ist Luxus, sagt sie, wenig Essen für viel Geld und in Sommerschuhen durch den Schnee latschen. So stell ich mir das vor für mein Leben. Und ich hab eine Chance, jeder hat seine Chance.

Aber Liberty wollte nichts davon wissen, dass sie jetzt eine zweite Chance hat, und dass man gut leben kann ohne Baby, hat sie mir auch nicht geglaubt. Und dann ist sie wieder weg, ich dachte noch, die beruhigt sich schon wieder.

Eine Bahn fährt ein. Scheiße, sagt Janice, schon wieder die falsche, ich glaub, ich bin gerade ein bisschen verwirrt, aber egal, die nehmen wir, dann fahren wir eben Wellen zählen.

Wir steigen ein, das Abteil ist leer, eine leere Coladose rollt auf dem geriffelten Boden hin und her, über den Fenstern sind Reklamestreifen befestigt, Fortbildungen, Sprachschulen, Adressen von Rechtsanwälten, ein langes buntes Band.

Janice legt ihren Kopf auf die Knie und schiebt die Finger in ihre Stiefel.

Dieser Typ über mir in der Wohnung, sagt sie, den könnte ich umbringen, der hat dafür gesorgt, dass das Baby wegkommt, aber nicht aus Nächstenliebe, das sag ich dir, den hat das Geschrei gestört, beim Baden gestört, alles ist seine Schuld. Manchmal liege ich im Bett und schreie ganz laut, nur damit er sich ärgert.

Als die Bahn aus dem Untergrund auftaucht, wird es schon hell. Wir steigen auf einer Hochbrücke aus, der Schnee glitzert kostbar, und als wir die Stufen auf die Straße hinunterlaufen, ist alles in ein merkwürdig gewobenes Licht getaucht. Janice geht wieder sicher. Ich folge ihr. Die Straße endet in einer breiten Holztreppe, die auf die Promenade führt. Die Holzplanken knarren, sonst ist es still. Kein Wind weht, der Atlantik ist grün, am Horizont glatt und dunkel, und am Strand ist der Schnee zu Schollen gefroren. Wir setzen uns auf eine Holzbank, ich schnippe Eiszapfen von der Promenadenbrüstung. Mir ist längst nicht mehr kalt.

Janice fasst sich in den Ausschnitt, hält mir den goldenen Harris-Ring hin. Findest du den schön?, fragt sie. Liberty hat er nicht gefallen.

Ich sage, lass uns hier weggehen.

Als ich hierher bin, sagt Janice, hab ich dich gefragt, ob du mitkommst. Aber du wolltest nicht, warum sollte ich weg und was will ich in New York, hast du mir gesagt, und du hast mir den Ring geschenkt und mir Glück gewünscht.

Ja, sage ich. Und?

Sie versucht, sich meinen Ring vom Finger zu ziehen. Es gelingt ihr nicht. Ihre Hände sind rot, und es sieht aus, als sei ein feines graues Netz über ihre Haut gelegt. Hier, sagt Janice und gibt mir den goldenen Ring. Viel Glück, sagt sie.

Lass uns hier weggehen, sage ich wieder.

Janice schüttelt den Kopf und schiebt sich den Ärmel ihres schwarzen Kleides bis in die Armbeuge hoch. Mit dem Daumen fährt sie sich über die Innenseite ihres Unterarms, vorsichtig, beinahe zärtlich.

Hier, sagt sie. Siehst du, ich habe New York schon im Blut, New York fließt durch meine Adern.

Ich kann keine Adern sehen, nichts schimmert blau durch die Haut, aber ich sage, ja, ich verstehe.

Siehst du, sagt Janice. Siehst du, wie die Stadt fließt.

Die Autorin dankt

dem jungen Literaturforum Hessen-Thüringen und dem
Hessischen Literaturbüro im Mousonturm, speziell
Dr. Dieter Betz, Alban Nikolai Herbst und Werner Söllner.
Den Dozenten und Studenten des Deutschen Literaturinstituts
Leipzig, speziell Josef Haslinger, Thomas Hürlimann und
Claudia Klischat.
Gene Castellano, Eddie Goldstein, Rose und Hans Höfener,
Marianne und Erich Junge, Dr. Margot Klee, Christopher
Kummer, Mareike Schinzel, Stephanie Denise Winter und
Miriam Wolf.